菊人形

都市傳說 第二部 9

一夜長髮，詛咒降臨!?

笭菁——著

都市傳說　第二部9：菊人形

（※本故事內容純屬虛構，如有雷同，純屬巧合。）

楔子

她覺得好熱。

煩躁的翻了個身，撥了撥頸子上的頭髮，這麼熱的天氣，怎麼連開著冷氣都滿身是汗。

尤其是長髮卡在脖子上最惱人，每次撥開，翻個身就又黏上來！

「啊！好討厭！」她忍無可忍的再把頭髮撥開，頸子間滿是汗水，一骨碌坐了起來！

跳下床將電扇打開，好好的對準自己，風力開到最強。

睜著惺忪雙眼，往床頭櫃上摸到一個髮圈隨手把頭髮紮起，就是不讓頭髮黏上，每到這時就會希望剪短頭髮好了！把頭髮剪掉就不會這麼難受了。

電風扇強力放送，讓她舒服了些，重新倒回枕上，感受著風徐徐吹來，好像比較沒那麼難睡了……嗯……一陣搔癢又上了頸子，她厭惡的抓起頭髮往旁邊丟——厚！

等等，她不是綁起來了嗎？

她瞬間驚醒的彈坐而起，第一時間想到的是小強爬上，那長長的觸鬚觸及頭子，但是剛剛她手上明明抓到的是一把……地板的小夜燈太昏暗，但還是可以看見她枕上那一片凌散的黑髮……

她愣住了！她看著莫名出現的長髮，是自床頭櫃延伸而……下……伸出顫抖的手往桌邊探，雙眼又不敢離開床榻，伸手摸著摸著好不容易摸到了開關，啪的打開了燈。

燈光驟亮，清楚的瞧見披散在她枕上的長髮來自上方，她床頭櫃上的那尊日本娃娃。

「不可能……」她喃喃唸著，那嶄新的娃娃，頭髮只到肩頭啊！

而她的床頭櫃高於枕頭三十公分，上面還有一個櫃子，娃娃再擺在櫃子——而現在它的頭髮，竟長到能散到她枕上，甚至纏住她的頸子？

纏住她的……女人倒抽一口氣，倏地看向了娃娃！

爲什麼要纏住她的頸子!?

說時遲那時快，枕上的頭髮彷彿一瞬間活起來似的，咻地直接伸向了女人！

「呃啊——」她措手不及，連防護的機會都沒有，長髮同時自兩方纏住她的

頸子，甚至用力一收便把她向前拖去！

這一扯逼得女人撲向床面，毫無抵抗之力的朝床頭櫃撞去！

不不！她的手指想要扯開頭髮，那黑髮又濃又密，她扯不開拉不離，而且都要不能呼……吸……

爲什麼？趴在床上的她，使盡力氣斜上看向高處的日本娃娃……娃娃卻不在櫃子上了！

枕頭突有重量，她漸黯的雙眼看見娃娃居然彷彿從天而降，落在她的枕上、她的眼前——這是什麼東西!?

她就說，不能在二手市集買東西，東西來……歷……不……

男友不在隔壁嗎？

爲什麼不救她！爲什麼——

「思燕？」有人大力搖晃著，突地驚恐睜眼。

「啊啊！啊啊啊——」她啞著聲喊，渾身是汗的看著在眼前的男友！

「思燕？妳沒事！沒事，妳只是做夢了！」

做夢？魏思燕癱在床上，慌亂的摸著頸子，她傻了嗎？她是短髮啊，耳下的短髮該怎麼纏繞脖子？

而且房間陳設根本不同，她虛弱的喘著氣，那份恐懼依然包裹著她，讓她難以平復過快的心跳。

男友扭開了床邊的燈，回首查看。

「妳叫得好大聲，雙手揮動得厲害，是什麼可怕的夢？」男友溫柔的問。

「呼……天哪！」她手背貼上滿是汗的前額，「嚇死我了！好眞實，我夢到娃娃的頭髮伸得好長，勒住我的頸子，它還會動咧！」

「娃娃？」似笑非笑，「妳在說什麼啊？」

「就——」撐起身子，突然一怔。

就是今天下午，他們在二手市集裡，妹妹吵著要買的那個日本娃娃！

魏思燕突然跳下床，緊張的直接往房門外衝，男友見狀錯愕不已，先是愣了兩秒，也才趕緊追出去！

怎麼回事？爲什麼思燕這麼緊張？

魏思燕連拖鞋都來不及穿，幾乎是衝向孩子房間，兩個孩子自己獨立不與父母睡，兩個人睡一間，房門半掩，裡面自是有星空小夜燈陪伴。

急忙的衝進房間裡，一男一女的孩子睡得正沉。

「思燕？」男友焦急的用氣音問著。

她只是伸手示意他別吵，躡手躡腳的走到女兒床邊，小女孩枕邊正斜躺著一尊日本娃娃。

黑色的齊瀏海長髮，身著可愛的和服，髮上還有小髮飾，櫻桃小嘴微噘，典型的日本娃娃。

對，夢裡那尊娃娃就是它，衣服到頭髮無一不符合。

她不安的看著那尊娃娃，最後拿了起來，擱上女兒的床頭櫃。

「到底怎麼了？」她一出房門，男友便不安的問，「妳這樣很可怕！」

「沒事……我是神經過敏了！」她搖了搖頭，逕自走到廚房倒了杯水，「我就是夢到它！」

「菊子？」男友錯愕。

都有名字了呢，是啊，女兒愛不釋手，當下給娃娃起了個名字：菊子。

「嗯，夢見它頭髮變得好長，勒住我，還會飛。」魏思燕邊說，一邊失聲而笑，「我傻了我！」

男友至此才鬆了一口氣，「妳喔！因為下午本來不讓妹妹買，妳對這娃娃才會印象這麼深！親愛的，這只是一個玩偶！」

「知道知道。」她擠出笑容，感受汗濕了衣裳。

「走了，回去睡了，別想那麼多。」男友溫柔的摟著她。

「沒有辦法，人面魚事件後……誰能不信都市傳說呢？」

第一章
燕子麵攤

「雞排麵一個，肉羹麵一個！」學生收了傘，在攤子邊喊著，「外帶！」

「同學，劃單好嗎？歹勢厚！」魏思燕正忙，「人有點多，阿姨記不住！」

「喔！好！」學生找到攤子邊的菜單，跟同學討論著要吃什麼。

濾網撈起一顆顆渾圓飽滿的水餃，魏思燕用力甩了甩水，俐落盛盤後，端起一旁的酸辣湯，回身送到了指定的桌位。

送餐後付錢，她還得忙收錢，一人麵攤就是這麼忙碌。

「柏明！」魏思燕一回身踢到玩具車，火冒三丈，「怎麼可以把玩具放在路中間，媽媽如果絆倒了怎麼辦？去收起來！」

角落正在玩玩具的男孩聞言，意興闌珊的喔了聲。

「快收！」魏思燕氣得低吼，「不要讓媽媽叫第二次！」

一旁桌子的學生伸手，順手就把汽車撿起來了！魏思燕回頭看著無動於衷的兒子，氣不打一處來。

「讓他收！要養成他習慣。」魏思燕將汽車又放回地面，店裡再忙碌，也不能讓孩子失了規矩。

她走向角落時，男孩才趕緊站起裝乖的跑去把汽車撿起來，魏思燕彎腰低聲耳語了幾句，得到男孩慘白的臉色與委屈的眼淚！

「哭！再哭，說過不許在店裡哭！」接著只聽見咆哮，魏思燕拖著孩子就朝著後頭去了。

男孩一被拖行，立刻發出驚天動地的哭聲，如果單單從哭聲猜測，會以爲他遭受了多悽慘的家暴或虐待，不知情的鍵盤正義之士，只怕電話拿起就直撥家暴專線了。

另一個小女孩正梳理自己手裡娃娃的黑髮，地上一堆扮家家酒的玩具，她的娃娃們正在享用宴會大餐呢。

她聽見哥哥歇斯底里的哭聲，抬起頭，看著媽媽匆匆走出，不停的跟客人道歉，請他們不要管哥哥，因爲哥哥不乖。

「眞不好意思，孩子要教訓一下！」魏思燕滿懷歉意的說著，趕緊回到爐子邊。

「好好說他應該懂吧？」有路人媽媽勸說了，「這樣關在裡面，孩子會有陰影的！」

「我的孩子沒這麼脆弱，他應該要在我說之前就要懂，我們這個家已經沒有讓他撒嬌的空間了。」魏思燕冷冷的說著，她厭惡別人對她的管教指手畫腳。

他們家，也是人面魚事件的受害家庭。

數以萬計的屍體陳屍在沙灘上，卻沒有她丈夫的遺體，丈夫說要去淨海後就沒有再出現，躍進了大海裡，屍骨無存。過去麵攤是丈夫經營，現在只剩下她了，她要養家、還要照顧孩子，根本是不可能的事情。

廁所裡的哭喊聲撕心裂肺，令人聽了不忍，旁邊一桌學生就坐不住了。

「有點可憐……」簡子芸咬著唇，聽著就難受。

「還是去放他出來？」童胤恒也看不下去，準備站起。

「他就是故意哭這麼大聲，好讓人家同情他的！」汪聿芃懶洋洋的夾著菜，「幹嘛介入別人教小孩啊！」

「同感，我覺得那是阿姨的事，不是很多人說在教小孩時最討厭長輩插手嗎！我們不是長輩，插手的話也一樣吧！」蔡志友深表贊同。

「但是這種氣氛很難吃飯吧，一個孩子哭得這麼慘……」康晉翊不安的頻頻回首，其他客人也一樣的呈現出煩躁。

「只是關進去又沒打他，那小子怎麼看都小學了吧，哭假的啦！」小蛙冷哼一聲，「就讓他哭，我看是可以哭多久！」

汪聿芃伸手拉著童胤恒坐下，認眞的對他搖頭。

剛才出聲的那位媽媽受不了了，站起身就要去洗手間把男孩放出來，只是還

沒走到，那樓梯下本來在玩娃娃的小女孩即刻站起，飛也似地衝到門前擋住。

「……妹妹？」客人媽媽相當錯愕，「哥哥很可憐，放哥哥出來好嗎？」

「不好，哥哥犯錯了要受罰。」小女孩昂著小腦袋，說著成熟的話，「他沒有很可憐，他故意哭的！」

啊咧，這妹妹實在坑哥啊！

女孩擋在門前，客人也不好做什麼，總不能把她拉開吧！小女孩手捧著娃娃，自然的回頭，「哥哥，你這樣哭媽媽會更生氣的！」

「放我出去——」裡面傳來哭吼聲。

「誰叫你不收玩具。」女孩說得理所當然，索性就卡在門前玩了。

媽媽聽若罔聞的忙著煮訂單上的晚餐，一桌一桌送去，客人媽媽還想再說些什麼，但被一句「這是我們家的事」給打臉，氣忿的也不吃了，直接離開店裡，氣氛就更加低迷了。

「好尷尬唷……」簡子芸嘖了幾聲。

「有什麼好尷尬的！又不關我們的事！」汪聿芃不解的眨著眼，她現在只知道肚子好餓，好希望她的麵快點來喔！

康晉翊再回頭往廁所的方向看去時，發現哭聲已經停了，小女孩坐在廁所門口玩著娃娃，一副無入而不自得的模樣。

「來來，陽春麵、肉羹飯、水餃……」阿姨端著托盤走來，「雞排麵等等來喔！」

餐點一來，餓腸轆轆的眾人立刻大快朵頤起來，這間燕子麵攤是最近新開的攤子，但因爲好吃又便宜，一下就在學校的群組裡傳開，一位單親媽媽帶著兩個小孩，加上同情因素，生意就更好了。

人面魚的受害者太多了，一夕之間許多家庭失去家人，經濟頓失所依，因此也開始出現了許多像魏思燕這樣必須盡快自立的單親者。

「妮妮，讓哥哥出來。」魏思燕邊煮麵，頭也不回的吆喝。

小小的女孩踮起腳尖拉開勾環，門打開裡面是噙著淚不甘心的男孩，他啜泣著走出來，乖乖的撿起還在路中央的玩具，回到剛剛樓梯下的角落去，還不爽的踢翻妹妹的「宴會」玩具出氣。

童胤恒見狀直皺眉，突然明白阿姨爲什麼要管教兒子了，脾氣很差的男孩啊！看起來也不小了，卻不懂得體諒辛苦扛起家計的母親嗎？

「好吃嗎？」突然間，妮妮走到了桌子邊。

一桌子學生錯愕的抬頭看向她，小蛙嘴裡塞滿水餃，汪聿芃的麵都還咬到一

4 30 30 45 45

半咧，康晉翊嚥下一大口飯，差點沒噎著。

「好吃啊！」童胤恒立即和善的回應，「妳媽媽煮的東西超好吃！」

「對呀！」女孩開心的撫摸抱在懷裡的娃娃，「菊子也想吃呢！」

「菊子？」簡子芸好奇的瞄著那娃娃。

「嗯！」妮妮將日本娃娃擱上桌，「我的菊子！」

「日式的娃娃，很漂亮呢！」康晉翊連聲讚賞，「以前沒看過喔！新來的？」

以前不過是上週，艾莎已經被冷凍了，一秒失寵。

「嗯，叔叔買給我的！」妮妮滿意的看著菊人形，「跟我一樣，我們有黑黑的頭髮，黑色的眼珠，跟小小的嘴巴。」

妮妮邊說，還嘶起嘴，天眞得讓人忍不住泛起微笑。

「好了！妮妮，不要吵哥哥姐姐們吃飯喔！」魏思燕把最後的餐點送過來，「不好意思啊，她比較活潑，喜歡找朋友玩。」

汪聿芃吞著麵，眼尾瞄著妮妮手裡的娃娃，不算極精細的日本娃娃，不過和服髮飾都算得上標準了，但衣服看上去有點陳舊，實在不太像是新品。

「娃娃怎麼髒掉啦？」汪聿芃指了指娃娃的袖子。

「咦？哪裡？」妮妮趕緊查看，「喔，那個本來就這樣的！」

簡子芸也好奇的想拿過來看，不過才一伸手，妮妮就警戒式的護住娃娃，深怕被搶走似的警戒望著他們，還大退了一步。

「不行。」她嘟起嘴，不太高興。

「喔，她的寶貝啦！」小蛙噗哧笑了起來，「妳們不要亂碰！」

「對，不可以亂碰！」妮妮認眞的撫著娃娃，「菊子不喜歡人家碰它！」

「哦，是是是。」簡子芸跟著一起演，「對不起喔，菊子！」

他們這一票是常客，一來是麵攤種類多，二來也合口味，最重要的當然還是因爲便宜實惠啊，都已經吃到連老闆娘的孩子都認得他們了！

「欸，都市傳說社，」攤子前兩個女學生留意到他們，「對吧？」

另一個女孩瞄了過去，「對，那個很書生的是社長，副社是旁邊那個長頭髮的。」女孩們的聲調藏有恐懼，「眞的是我們學校的耶！」

切豆干的手緩了下來，魏思燕瞄了學生一眼，再繼續切。

悄悄話的音量不小，「都市傳說社」的他們都聽得清楚，汪聿芃直接回頭瞅著，兩個女生誇張的驚嚇後退。

「有什麼好怕的！」她歪了頭，「好無聊喔！」

「唉，我們社團啊，眞的是三溫暖社。」蔡志友夾著海帶，說得萬分無奈，

「從別人瞧不起、嘲笑、挑釁、過街老鼠，現在一轉眼，變成了大家敬畏的對象了。」

「敬畏啊……」社長康晉翊淺淺笑著，笑容裡卻只有苦。

是啊，敬畏。

實在很難想像幾個月前，他們還是過街老鼠，有多少人特地到社團來嗆聲、在外面噴漆，叫他們快滾，說他們危言聳聽、怪力亂神、唯恐天下不亂，甚至還出現黑粉攻擊，一把火燒掉了鐵皮屋的舊社辦。

他們在冷眼中搬到了學校荒涼的角落，卻反而讓他們怡然自得，與人群隔開是好事，省得老是有人來找麻煩，或是只是想跟風並不是眞心喜歡都市傳說的人。

搬到新的社辦後更寬更廣，卻也立刻遇到了ＳＤ卡與人面魚的都市傳說，而令人意想不到的是，人面魚的都市傳說比傳說中更加可怕，那不僅僅是一條會開口說話的人面魚而已……

人面魚身上的人臉各異，甚至與眾多人們逝去的親人一模一樣，導致人們將魚買回家飼養，最後卻聽見這些人面魚的聲音，猶如催眠一般，奮不顧身的在颱風天，毫無裝備的去淨灘、甚至淨海……

最後，便是數以萬計的屍體遍佈海灘，還有更多連屍體都找不到的人。

而在這之中，「都市傳說社」早就發現端倪，但是因爲之前的被罵狀況，讓社長康晉翊保守的不隨時貼出狀況，而是壓後再貼，不過等到他們把這個都市傳說的始末貼出來後，得到的迴響卻變成敬畏。

一個都市傳說就帶走了幾十萬人，而敏銳度極高的「都市傳說社」，就變成「先知」的地位，甚至……成了一種「恐懼」的象徵。

至少現在大家提到都市傳說，心裡會只剩下害怕，而「都市傳說社」的社員，自然也是不能輕易招惹的對象。

簡子芸說了一個很妙的形容，他們似乎也成了一種人人聞之色變的都市傳說。

其實某方面來說這也沒什麼不好，因爲之前那段被人敵視的日子還挺難捱的，要不是蔡志友虎背熊腰、小蛙一臉凶狠外加龐克頭與刺青，間接遏阻某些想鬧事的人，不然大家連進社團都覺得戰戰兢兢。

人都喜歡跟風，過去「都市傳說社」熱門時一堆人參加，隨著熱潮退去又差點面臨解散的地步，連康晉翊這個社長都還是莫名其妙被選出來的，他那天甚至都沒有參加社團大會。

從創社的夏天學長開始，幽靈社團變成幾百人大社團，再到迷你小社團，康晉翊雖說是被陷害成為社長的，但內心對都市傳說的喜愛並沒有打折扣，小而精就好，至少他、簡子芸跟其他社員，都是真的喜愛都市傳說。

然後，他們開始遇上都市傳說，社團漸紅，創了二社三社，黑粉隱藏在裡面，短短一年內風波不斷，讓康晉翊心寒得不再擴大社團，而主要社務也限於社團最低迷時仍舊留著的成員。

其他外面的人要做什麼都是他們的事，與他無關。

對他來說，都市傳說社主要社員現在就是這幾個人：簡子芸、童胤恒、汪聿芃、小蛙、蔡志友與他，其實還有幾個算熟的二社元老，但是……很不幸的，他們都在人面魚事件中喪生了。

學校學生少了三分之一，頓時變得很空，社會都還在悲傷的氛圍中，人面魚的後續報導依然持續，不停的有屍塊或是遺物被打上岸，給予等待著的家屬一點安慰。

「接下來還會有什麼可怕的都市傳說嗎？」另一桌也是學生，戰戰兢兢的問了。

「嗯？」康晉翊一時還沒搞懂，他們是在對他這桌說話。

「就是，會跟人面魚一樣嗎？」男同學緊張的問，「又害死一堆人？」

「這問我們……我們也不會知道啊！」康晉翊禮貌的回應，「我們都是遇到了才知道，其實人面魚事件，我們一開始就在社團呼籲大家不要購買了。」

能做的他們都做了，但說穿了，他們不過是一個大學社團罷了。

「好可怕……」學生們目露哀色，「你們不能再做得更多嗎？因爲只在社團發，大家根本不會在意，而且那是你們私人社群……」

「因爲我們就只是一個社團啊，大學社團，我們能怎麼做得更多？」簡子芸回首，義正詞嚴，「過去做得足，就說我們唯恐天下不亂，挑起恐懼紛爭；現在又覺得我們做得不夠。其實說到底，一個大學社團，對你們有什麼責任義務？」

魏思燕的手又略顫了一下，擠出笑容將袋口綁起，豆干也扔進了袋子裡。

「同學，一共九十！」老闆娘朝著攤子前的女學生收錢，女學生們接過麵後仍舊對康晉翊他們竊竊私語，急急忙忙的走了。

「但是這次死了這麼多人啊！」隔壁桌有點不高興了，「你知道我……我爸他……」

「我很遺憾，但那不是我們的錯。」簡子芸溫和但堅定的回應，「我們做我們能做的，其他我們鞭長莫及啊！」

汪聿芃托著腮，她根本不在意那幾個同學在說什麼，她只是好奇的瞄著小妹妹在玩的家家酒，還有剛剛哭得超～委屈的男孩現在又已經開始玩奧特曼了。

旁邊的童胤恒忙著用眼神示意小蛙冷靜點，這衝動的傢伙一臉快拍桌的模樣，再下去就要掀桌子了！

「你們可以找媒體、上新聞……至少讓消息廣發出去！」男生也激動起來，「像這之前，我根本不知道有你們這個社，更別說去看。」

「所以現在是怪我們囉？」蔡志友冷冷的開口，「在人面魚之前你們連都市傳說都不信吧？不信的話，我們還白痴去找媒體？就算真的有媒體願意刊，你們也只會在下面酸說白痴，這也有人信吧？」

信者恆信！「都市傳說社」歷經的風浪太多了，任何情況都讓他們司空見慣。

「但——」

「唉呀，來來來，今天的豬頭皮很好吃！」突然在各桌送上一盤小菜，「阿姨請你們吃！」

「咦？」童胤恒嚇了一跳，看著小菜從他左手邊送來，「阿姨這不好啊！」

「沒關係沒關係，一點點而已！」魏思燕眉開眼笑的說著，「就剩不多，幫

阿姨處理了啊！」

汪聿芃倒不客氣的直接夾起，一口送進嘴裡，抬頭望向魏思燕，「謝謝！」

「謝謝！」一桌子人拼命道謝。

「沒事沒事兒！」魏思燕笑吟吟的，手往圍裙上拼命抹著，「你們啊……都是好學生，都只是學生！」

嗯？童胤恒聽出話中有話，錯愕的抬頭看向阿姨。

「別苛求別人，沒什麼人有義務的，我丈夫去淨海到現在也沒回來，我能怪誰？誰都不能怪！」魏思燕突地語重心長，「買魚的是我們，跳海的是他，怪別人一時舒坦，但什麼都改變不了……也絕對不是誰的責任。」

汪聿芃拿筷子往盤裡敲，越過對面的簡子芸，朝後頭那桌學生挑了眉，「聽見沒？明理的人說出來的話就不一樣。」

童胤恒沒好氣的拍了她一下，少說兩句。

後面那桌學生傳來低泣聲，像是思念起未歸的親人，另一個女生低語著她也不是在怪誰，男友即刻制止她再多說什麼。

不是在怪誰？簡子芸默默吃著飯，剛剛那話裡話間，帶著的都是拐著彎的責備啊！

後面那桌學生吃得飛快，匆匆離開時，發現給他們的那盤小菜動都沒動，「都沒吃嗎？好浪費！」童胤恒一瞄就瞧見了，「阿姨，給我們吃，我買單！」

「不必，這就送的了！」魏思燕微笑著搖手，「就是不想浪費食物。」

看著原封不動的小菜，康晉翊才有點不悅，那對情侶是怎樣？遷怒到同樣是受害者的阿姨身上嗎？就因爲阿姨不願意與他們一起責怪「都市傳說社」？

「阿姨其實下次不必幫我們說話啦，我們都習慣了。」簡子芸突然出聲，「大家現在怕我們，不會對我們怎樣的。」

在他開口前，簡子芸就先說了，康晉翊忍不住微笑，簡子芸真的都很知道他在想什麼。

「我不是在幫你們說話，我是實話實說。」阿姨往攤外瞥一眼，留意著有無客人，「從頭到尾做決定的都是我們自己，怨不得人。」

一桌人也不知道能說什麼、該說什麼，現在說節哀未免矯情，問細節更沒必要，他們比誰都知道人面魚的都市傳說是如何運行的。

「他們其實很乖耶，妹妹手上的娃娃好古典。」汪聿芃率先打開話匣子，百分之百保證風馬牛不相及。

「啊！」魏思燕回眸一笑，看著坐在小樓梯下玩耍的孩子，「是啊，上週才

買的，可寶貝的呢！在二手市集買的也不算貴。」

「哦……」童胤恒恍然大悟，原來這就是沒那麼新的原因。

「老公走了，我一時也寬裕不了，幸好有男友支持，他們也還算懂事，玩具什麼的就從二手市集買，有時還能挖到好貨呢！」魏思燕欣慰的看著兩個孩子，「說到那個娃娃，我有點事想請教你們。」

嗯？蔡志友轉著眼珠子，基本上能請教「都市傳說社」的事情好像都不太對勁？

「就……是不是有關於娃娃的都市傳說啊？」魏思燕一臉憂心忡忡，很緊張的搓著雙手。

「呃，其實不少。」康晉翊立即如數家珍，「我們社團遇過的有：一個人的捉迷藏、以及瑪莉娃娃的電話。」

「啊，那……」魏思燕慌張的看向女兒，「這種娃娃呢？」

所有人不約而同的朝妮妮手裡抱著的日本娃娃看去，這種不必查都知道，日本娃娃有個專有名詞——菊人形。

而菊人形的傳說那可比一般娃娃少啊……

「請問，爲什麼突然問這個呢？」童胤恒比較在意動機。

「唉，我……就是做了惡夢。」魏思燕說著有點尷尬，「夢見個娃娃會動，頭髮跟鞭子一樣甩來甩去，嚇死我了！」

這夢還眞有點貼切，畢竟菊人形中最有名的部分，就是它默默長長的頭髮啊！

「我覺得那只是夢，阿姨不必想太多。」簡子芸趕緊溫柔開導，「還是平常有什麼異狀嗎？」

「沒有沒有，但那天那個夢眞的嚇死我了。」魏思燕邊說還揪著心口，「經過人面魚的事情後，我也理解到都市傳說無所不在，你們社團寫的，都市傳說沒有原因沒有邏輯沒有理由，我就很怕又發生上次的事情。」

畢竟那條有著婆婆臉龐的人面魚，也是他們買的啊！

「阿姨，我覺得眞的先不要緊張，妳是做夢而已。」童胤恒也跟著安撫，「都市傳說雖然沒有邏輯，但是……菊人形是有原因的，除非有什麼不尋常的事……」

「這是我的聯絡方式。」康晉翊即刻起身，遞出了社團名片，「或是阿姨不介意可以加社群，隨時找我沒關係。」

「啊啊，好的，謝謝謝謝！」魏思燕開心的接過名片，毫不猶豫的現場就加

了LINE。

她知道自己是大驚小怪，男友也這麼笑她，但是歷經過上次的事件後，叫她怎麼可能不草木皆兵！

他們只是買了一條魚啊！一條色彩繽紛、有一張與婆婆相同臉龐的魚，然後老公莫名其妙的就衝出去要淨海，那條魚突然自動在魚缸裡分解腐化，女兒嚇得尖叫連連，兒子不停的說那條魚在說話。

只不過買了條魚……都市傳說卻能這樣廣佈在人們的生活中，冷不防給大家一記痛擊。

「我跟妳說啦，有什麼妳一定會知道！」小蛙中肯的說，「都市傳說都馬有很明顯的徵兆，不會偷偷的！像人面魚一開始全世界都知道那是都市傳說啊，只是沒人信而已！」

「倒也不是不信，但上面有著親人的臉孔，這關眞的很難過。」魏思燕悲傷的搖了搖頭，「就算覺得詭異，也很難接受魚落進別人之手。」

就算明明知道那只是魚鱗片組合而成的臉龐，就算覺得不尋常，就算新聞媒體都在播放相關的都市傳說，他們還是會買回家，因爲那是媽媽的臉啊！

蔡志友見氣氛轉爲悲傷，趕緊轉移話題，問著魏思燕的拿手菜，他們可以多多宣傳這小攤子的麵飯都好吃，小蛙連忙說他覺得水餃超級好吃，飽滿又豐富，康晉翊則覺得雞排才美味，外酥內嫩。

汪聿芃始終都是寡言的那個，但一雙眼總是咕嚕咕嚕轉個不停，她一吃飽就扔下筷子，跑去找小女孩玩。

「阿姨，那個二手市集在哪裡啊？我也好想要一隻這個娃娃喔！」

妮妮一聽，把娃娃抱得更緊，用戒慎恐懼的眼神看著汪聿芃。

「啊，那是不定時的攤子，不過日本娃娃不多，妮妮看到這一個就很喜歡。」魏思燕笑著回應，「再不然我要是改天看到，就發訊息給……」

她看向手裡捏著的名片，「康……晉翊，我發給你們社長，看妳要不要，我可以先買起來！」

「她主要想逛二手市集。」童胤恒立馬補充，小小聲的唸著，才不是想買娃娃那麼簡單。

「不必幫我買啦！跟我說在哪裡就好了！」汪聿芃喜出望外的笑著。

童胤恒挑了挑眉，面對其他同學，一臉你們看吧的臉。

「你真瞭解她耶！」小蛙嚼著餃子，露出不懷好意的笑容，「欸，是什麼時候要在一起？」

童胤恒一愣，「說什麼!?」

「少來，你們都到底在撐什麼？」小蛙這話說的時候，卻是面對著康晉翊與簡子芸。

簡子芸潛意識的僵著身子，往旁桌角可以移動兩吋，這才發現她剛剛根本是貼著康晉翊的肩頭，好像太近了些。

「幹嘛看我？」康晉翊難為情的抱怨。

「真有趣！」蔡志友噗哧的笑了起來，往右手邊的小蛙看了一眼。

「幹！別看我，我沒有要跟你湊一對的意思。」小蛙哎喲了聲，誇張的從椅子上跳了起來。

「誰要跟你湊一對啦！」

柏明坐在床上，目不轉睛的看著對面床鋪上的妹妹，正在幫娃娃鋪床，要一起睡覺了。

「菊子，今天好熱，但還是要蓋被被才不會著涼。」妮妮用毛巾折一塊長方形，更小的手帕當枕頭，好整以暇的將菊子擱上去，再拿出自己喜歡的小粉紅豬方巾，蓋上它的身體。

「妳的娃娃好弱還要蓋被，我的奧特曼都不必！」柏明說著，床頭一堆機器人，「它有說它冷嗎？」

「很冷啊，感冒怎麼辦？」妮妮說得煞有其事，還輕輕的拍著娃娃，「乖乖睡喔，菊子，乖乖睡。」

柏明靠著牆，蜷在床上看妹妹哄著娃娃睡，那天在店裡他都聽見了，有屬於娃娃的都市傳說，同學也說過，娃娃會活起來，會走路，或在半夜掐死主人！

「有人說娃娃會掐人脖子。」柏明悶悶的說著，「把主人殺掉，它們就會活過來了。」

妮妮拍著娃娃的手一僵，看向哥哥的眼裡盈滿恐懼。

「你不要亂說話！」妮妮明顯得害怕了，「菊子才不會！」

「就會！」這年紀的男孩最愛整人了，「我同學說啊，娃娃會在半夜、趁妳睡覺時站起來，它們會走路、會瞪著妳，然後小手會掐住妳的脖子喔！」

妮妮嚇得皺起眉，淚水都在眼眶裡打轉了。

「菊子才不會！不會不會——」下一秒，女孩崩潰大哭，「媽媽——」

看妹妹哭得害怕，柏明只覺得有趣，隨便說說就嚇成那樣，真是太好……

玩……

那枕頭畔、床緣的菊人形，突然緩緩的轉過了頭。轉動的弧度很小很小，但是依然還是明顯到讓柏明看得一清二楚，然後娃娃的眼珠子跟著移動。

狠狠的瞪著他。

「怎麼了？」魏思燕焦急的跑了進來。

「媽咪！」妮妮二話不說，可憐的撲進媽媽懷裡，「哥哥嚇我！」小手指向隔壁床的哥哥，魏思燕立即瞪向柏明，「陳柏明，你做了什麼？」

柏明兩眼發直，瞪著床上的菊人形，半晌說不出話。

「哥哥說娃娃半夜會醒來、會走路、會掐我！」妮妮哭得泣不成聲，抽抽噎噎的說著，「菊子才不會！不會！」

魏思燕一凜，這簡直是往她的痛處踩啊，惡夢之後她便輾轉不安，想起幼時大家也都傳說，紙娃娃在鬼月前一定要丟掉，不然它們會從盒子裡爬出來，向主人索命完成交替。

「柏明，你怎麼可以這麼嚇妹妹？」魏思燕先責備再說，「不哭，妮妮，不哭，哥哥故意亂說嚇妳的！」

「嗚，菊子不會對不對？」妮妮依然哽咽。

「不會，不會，那都是亂講的。」魏思燕緊抱著女兒，瞪著兒子，「柏明，跟妹妹道歉！告訴她你是騙她的。」

一心注意妮妮，魏思燕並沒有留意到其實她的兒子正在發抖，柏明的下顎發顫得厲害，僵硬的看向媽媽。

「我……我沒有……」他說不出來，「我沒有騙人……」

「還說！」魏思燕一股火上來，「你是討皮痛嗎？」

「我沒有！」柏明突然大吼，「它剛剛瞪我，娃娃剛剛瞪我了！」

魏思燕心頭又是一緊，這兩個孩子實在……眼尾瞄著躺在那兒、依然有著平靜面容的菊人形，真是越說讓她越不安。

她索性拿起菊人形，往床頭櫃擱去。

「都不要吵，今天讓菊子睡上面。」魏思燕將妮妮放下來，「妮妮，今天讓菊子睡櫻上，明天起來後它還會在那裡睡覺，妳就知道哥哥是騙妳的！」

「嗚……菊子會感冒！」妮妮還在那邊抽泣。

「那媽媽幫它蓋被子。」魏思燕耐著性子，把佩佩豬的方巾往菊子身上蓋去。

菊子躺在妮妮的寶貝盒上頭，妮妮還不死心的再把枕頭也搬上去，盒子太

小，範圍不夠鋪床，只能勉強讓娃娃躺著而已。

柏明還是沒有動，他僵直身子看著媽媽跟妹妹在那邊爲菊子鋪床，渾身抖個不停。

「好了，菊子睡了，你們也該睡了。」魏思燕實在非常累，忙了一天，多希望孩子不要再讓她心煩，「都躺好！」

「我不要！」柏明虛弱的說著，「我不要跟那個娃娃在一間房！」

「陳柏明！」魏思燕惱了，突然厲聲一吼，「你在鬧什麼！快點給我躺下來！」

「它瞪我了！那個娃娃瞪我！」下一秒，換男孩嗚哇一聲就哭了起來！

天哪！天哪！魏思燕眞的是身心俱疲，一股火眼看著就要燒起來之前，男友匆匆從外頭走來。

「怎麼了？怎麼了？」

柏明一看見王兆平，掀被就衝下床，歇斯底里的喊著那娃娃剛轉頭瞪了他，那娃娃看了他！王兆平無奈幫忙安撫孩子，魏思燕沒想到刻意要嚇妹妹的哥哥，最後竟然比妹妹還要恐懼，又哭又鬧的不肯罷休。

最後，還是她把菊子接到自己房裡，兩個孩子才勉強答應睡下。

「唉……」

一轉眼十一點了，魏思燕坐在床緣，發自內心的嘆息。

王兆平撫上她的肩頭，輕柔的由後抱住她，「怎麼啦？很累嗎？」

「我快累死了……還給我添亂！」魏思燕疲憊的依戀著男友的溫暖，「眞的謝謝你在我身邊……」

「孩子嘛，總是這樣吵吵鬧鬧，也算正常。」男友輕聲的說著，在這之前，他也有一雙可愛的兒女。

他比思燕大，孩子年紀稍長妮妮他們許多，都已經是國中生了；而他比思燕幸運的是，至少他有找到他們母子三人的遺體。

魏思燕看向床頭櫃燈旁的突兀的菊子，今晚它得在她房裡，孩子們才不會吵。

「睡了吧？」王兆平溫聲的說著，「妳明天一早還要備料呢！」

「唉……」她無奈的笑了笑，吻了男友的臉頰，「公休日一定好好補償你。」

「公休日妳要好好休息呢！帶孩子出去走走如何？」

魏思燕笑著點頭，人面魚事件不過近兩個月，她卻這麼快就有男友，當然很多人不能理解；人面魚造成了無數家庭的崩毀，她跟他都是互舔傷口的受害者，

落入海裡的不只是他們的親人，他們也是。

所以彼此緊抓著彼此，彼此是彼此的浮木，若不是他的陪伴，她都不知道怎麼捱過這段時期；王兆平支持她生活、建議她繼續開小吃攤，一切瑣事均由他張羅，甚至出資，照顧她的兩個孩子也不遺餘力，他們都相互依賴著。

王兆平關上了燈，魏思燕也探身要關掉電燈。

多瞥了一眼菊子，那晚的惡夢依然纏繞著她……壓過男人身上抽過衛生紙，還是把它的臉遮起來好了。

「呃，怎麼？」

「衛生紙，我想把娃娃的臉遮住。」一回身——菊子的眼珠自正前方，狠很的往右邊看過來。

咦！魏思燕當即僵住，瞪著眼與菊子四目相交——「它在看我！」

「什麼!?」男子翻了個身。

柏明的哽咽聲言猶在耳：娃娃瞪了我！

瞪了我！

第二章
菊人形

A大偏遠的石板大道末端，有一整排沒教授開課的空教室，最後一間的門口掛了一塊木刻牌匾：「都市傳說社」。

汪聿芃托著腮，手指不停的在滑鼠上移動，時間上午十一點，大家都有課，只有她今天上午是空堂，沒事就先跑到社辦來了。

社辦門口有一尊假人模特兒，算是社辦的特別「衣帽架」，宛如服飾店裡的假人模特兒，一半是健壯六塊肌模樣、另一半卻是像解剖教學的肌肉束圖；這位是「試衣間都市傳說」的某位受害學長，社團創社社長本想救這位學長出來，怎知逃出試衣間後，活生生的學長卻變成了假人模特兒。

汪聿芃一抬頭就能見到他，歪著頭凝視許久，電腦裡的螢幕顯示著一尊尊與妮妮神似的日本娃娃。

「我總覺得怪怪的，學長，你說呢？」她打了個呵欠，「不過我怎麼查，菊人形是有由來的，發生在日本，而且日本還有專門供奉這些娃娃的寺廟呢！」

「妳一個人在跟誰說話啊？」門口站著不知何時到來的童胤恒，皺著眉打量看她。

「嗨！我正跟學長說話呢！」一見到童胤恒，她就綻開燦爛的笑容，「翹課喔？」

「翹個鬼！學生都少這麼多了，老師掃一眼就都知道誰沒來，是提早下課！」童胤恒拉開椅子，扔下背包，「妳昨天不是說想去吃山下新開的披薩店？還是我們去吃？」

「咦咦！」汪聿芃雙眼一亮，立刻蓋上筆電，「好哇！那我們要快點去，我一點有課呢！」

「好哇，再問問看社長他們要不要……」童胤恒驀地伸手擋住要蓋上的筆電，「這什麼？」

滿滿一整頁菊人形的照片，數大沒有美，只有令人有種毛骨悚然的感覺。

「菊人形啊。」汪聿芃很老實，「我滿腦子都是那尊菊人形。」

「菊人形的都市傳說其實沒什麼吧。就是頭髮會自動長長的日本娃娃，承載的是前主人的靈魂。」童胤恒主動蓋上筆電，「這越想會越不舒服。」

「娃娃的頭髮自己會長長就是一件很奇怪的事了吧！」汪聿芃眼神飄了遠，「我老覺得那個菊子啊，好像在看我們。」

童胤恒悄悄抽了口氣，「娃娃的眼神本來應該是直視的吧？」

「對啊，但就是……」汪聿芃好難解釋，「怪有靈性的你不覺得嗎？如果很認眞跟它凝視的話？」

「沒事我不會想跟娃娃相互凝視。」童胤恒非常認眞的回答，「走吧！快點下山，不然等等人又多！」

汪聿芃把筆電朝背包裡一塞，愉快的揹起來，「我查了學長姐的記錄，他們遇過一個叫向日葵的娃娃，還有瑪莉娃娃。」

「對啊，但向日葵是布娃娃，他們玩一個人的捉迷藏用的……瑪莉娃娃就是歐式古典的洋娃娃了。」童胤恒在門口等著她出來後，再行關門，「不管哪個都令人不太舒服。」

「洋娃娃很可愛的。」汪聿芃堆起微笑。

「會動就不可愛了好嗎！」童胤恒關上社辦的門後停了半晌，重重嘆氣，「汪聿芃。」

「嗯？」她大眼眨了眨，湊上前亦瞅著他。

「有話直說。」他挑了眉，「妳並沒有很想去吃披薩對吧？」

「我想！我超想！傳單拿到我就想了——」她劃上俏皮的笑容，「不然我們晚上再去吃好不好？中午就去吃……魚丸麵？」

童胤恒無奈的翻了個白眼，他就知道，滿滿一整頁的菊人形，她根本想去阿姨那邊。

「別自己找都市傳說啊！」他忍不住說著。

「都市傳說自己就會發生，不是我去找才有的。」她好奇的湊近他，「所以你那天都沒聽到什麼？」

「沒有，也不想。」童胤恒回答得乾脆，「上次人面魚的事把我折磨得死去活來，離都市傳說那麼近，簡直是自殘的行爲。」

「不知道有沒有辦法讓你不再頭疼，又可以自保……」汪聿芃開始認眞的思考。

「我希望再也聽不到都市傳說的聲音。」這是肺腑之言。

童胤恒與汪聿芃在高中時就曾見過都市傳說了，當時汪聿芃的學校校慶捲進了血腥瑪麗事件，那是他們第一次接觸到都市傳說、也是第一次遇到創社的夏天學長他們。

童胤恒是屍體發現者，回想起來，他好像那時就感覺到什麼，才會硬要去無人注意的垃圾堆中翻找出屍體……接著與汪聿芃認識，也可能因爲同時接觸到都市傳說的關係，爾後就對都市傳說特別敏感了。

他的確是那次之後對都市傳說產生極大興趣，矢志考進A大，就爲了要進「都市傳說社」；而汪聿芃則是思想很跳的人，頻率與正常人永遠對不上，或許她在神遊、或許她想到更遠的地方，總之邏輯跟一般人不太一樣，不熟的人會完全不知道她到底在講什麼。

但她卻往往能觀察到大家沒注意到的地方，甚至她還搭過如月列車，跟夏天學長見過面，證實了失蹤的創社社長已經成為都市傳說的一部分。

然後，她還看得見都市傳說。

只有她「看」得見，一如只有他「聽」得見都市傳說一樣。

不過很不公平的是，他聽到都市傳說的聲音時會頭痛欲裂、全身無法動彈，她看得見卻沒什麼大礙，怎麼不會眼睛痛咧？

「但是聽得到，就表示都市傳說出現了，可以自保呢。」汪聿芃仰頭看著天空，「聲音比視覺快多了。」

「無知有時也是種福吧，我總覺得圍繞在我們這團出現的都市傳說也太多……到底是有什麼吸引力……」童胤恒之前就思考過這件事了，夏天學長那一代有連續遇到這麼多次，怎麼沉寂了幾屆，到了他們卻又開始？

就算不是發生在他們身上，也會是周遭親友……

「因為我們是都市傳說社啊！很像偵探社有沒有？如果我遇到奇怪的事，我第一時間也想到這裡！」汪聿芃肯定的說著，雙眼還熠熠有光的自豪。

「隨便。」童胤恒嘆了口氣，「妳去問問小靜學姐他們，喜不喜歡遇上都市傳說。」

「學姐又不喜歡都市傳說。」汪聿芃咕噥著，「毛學長也不喜歡，最喜歡的人啊——」

最喜歡的人啊，一個已經成爲都市傳說本身了，另一個郭學長呢，再喜歡也只能屈於現實，爲工作奮鬥努力，當個普通的上班族。

「啊同學！」都還沒走到麵攤前咧，魏思燕就一臉驚慌的喊著。

「阿……姨好。」童胤恒禮貌的說著，「一碗魚丸麵、一碗酸辣湯餃。」

「……好好！那個我等等有事要問你們。」魏思燕緊張的嚷嚷，手倒是沒遲疑的先放魚丸。

面對她的態度讓童胤恒有點不安，怎麼好像被汪聿芃說中似的？第一時間先尋找兩個孩子的身影，奇怪的是這兩個都沒出現。

「菊子呢？」汪聿芃也完全不拐彎，開口就問娃娃。

「咦？」魏思燕當下滑掉了麵杓，整根掉到了地上。

該死！童胤恒忍不住扶額，眞希望是阿姨神經過敏，不然總覺得被汪聿芃猜中一樣。

魏思燕慌亂的拾起杓子往一旁放著，拿起另一根麵杓重新裝麵。

「妳妳妳怎麼問菊子？是問我女兒吧？妮妮？」魏思燕擠著笑容。

「我是問菊子。」汪聿芃明確的表達出她對妮妮一點興趣都沒有。

魏思燕僵著身子與汪聿芃對視，她不懂爲什麼這個學生會問菊子？

「汪聿芃，妳等等……」童胤恒忙著把她拉到旁邊，「妳緩一下，妳不能直接就這樣問啊！」

汪聿芃皺起眉，她就是想看那個日本娃娃，這還要拐彎嗎？

「我男友帶著孩子去吃飯了，等等就回來……」魏思燕嚥了口口水，「那個怎麼會問菊子呢？」

「因爲——」汪聿芃才開口，立刻被童胤恒攔截。

「因爲她一直想要買一個，沒想到她這麼喜歡日本娃娃。」童胤恒堆著笑容，暗暗回頭瞪了她一眼，拜託不要開口！

「唉……」汪聿芃很委屈的重重嘆了口氣，她就是想看菊子啊！

「是嗎？如果可以的話……」魏思燕盯著沸騰的水，如果可以的話，她還眞想要把娃娃送給他們。

「阿姨剛剛說想要問我們什麼事呢？」童胤恒沒有忘記魏思燕剛剛的驚慌神

色，見到他們跟看到救星似的。

「啊……是，對。」她幾度欲言又止，不停抿著唇，臉色也益發難看，「我不知道該怎麼說才好。」

「就慢慢說，沒關係的！」童胤恒外號童子軍，人如其名的溫和具耐心。

魏思燕面有難色的看著眼前這爽朗清秀的大男生，緊張得心臟收緊，她不好意思說，是因爲不知道到底是錯覺、夢、還是眞的？

「我很介意那個菊子，我兒子現在看到它就哭，一直說菊子在瞪他，我也……我也覺得它眼珠會動，看我，眞的在看我！」魏思燕越說越激動，「但我男友跟我女兒都說沒有，我現在都不知道自己是被那個惡夢影響了，或是——」

汪聿芃喜出望外的亮了雙眸，眼看著就要擊掌以示興奮之情，童胤恒一把握住她的手往後拖，制止了她想要歡呼的衝動。

爲什麼？你看吧！她無辜的瞪大眼望著回頭警告的童胤恒。

他是皺眉搖頭，唇語噓了聲。

「妳說看著妳，是眼珠會動？只針對妳跟兒子嗎？」童胤恒慢慢的重複，

「我並不是懷疑您喔，只是您也知道菊人形的眼睛特別的……深邃，有股靈氣。」

「就是這樣我才怕，我現在都不敢直視它的雙眼……我眞的覺得它的眼

珠會動，是眼球，不是頭。」魏思燕將麵撈起，「更讓我在意的是，我越不喜歡菊人形，妮妮就更愛不釋手，隨時都要抱著它。」

搞到現在，柏明已經到她房間睡了，他完全無法接受菊子在身邊，恐懼得日日惡夢，讓大家都輾轉難眠。

「其實不論真假與否，如果這個娃娃讓你們生活上有壓力的話……」童胤恒想建議魏思燕把娃娃賣掉或是還給二手市集。

「瑪莉娃娃。」身邊的汪聿芃已經坐下，筷子都準備好了。

童胤恒狐疑的回首，「什麼？」

「不要忘記瑪莉娃娃喔！」筷子抵著下唇，汪聿芃認真的眨著眼。

瑪莉娃娃——社團裡的都市傳說記錄飛快的在腦子裡翻閱，學長姐遭遇一個可愛精緻洋娃娃，這個都市傳說的起因，是源自於「被丟掉的娃娃」！

天哪！童胤恒凝重的皺起眉，他忘記這個都市傳說的由來了。

「什麼瑪莉娃娃？」魏思燕自是聽不懂。

「阿姨有關注我們社團網頁嗎？學長們曾遇過瑪莉娃娃的都市傳說，就是有人把娃娃丟掉，娃娃懷怨一路找回來呢！」汪聿芃說得雲淡風輕，魏思燕卻聽得臉色發青，「找丟掉它的主人算帳。」

「那只是……」都市傳說。童胤恒原本想這樣安慰魏思燕，但是人面魚也只是一個都市傳說，卻讓如此多人葬生。

所以他說不出口，只能頹然的坐到汪聿芃面前，魏思燕自骨子裡發寒，但手上動作沒停止，兩碗麵很快的送到了桌上。

「我真的是想說，你們社團能不能收下菊子……」魏思燕開始開了口。

汪聿芃瞬間瞪圓雙眼，轉向右上看著魏思燕，眼底裡滿滿的吃驚，虧這位阿姨想得出來耶！

「我才剛說了瑪莉娃娃！」她蹙起眉，「而且我們是都市傳說社！不是……不是什麼除靈社團！」

「呃，阿姨，這個眞的不是我們能決定！」童胤恒換句話說，「首先必須社團全員通過，而且都市傳說的發生，並不一定會隨著移動位置而改變。」

客氣且婉轉，但話語裡帶著某些強硬堅定，魏思燕聽得出來，他們不想接受菊子，也不能接受。

所謂的瑪莉娃娃她有印象，人面魚事件發生後她在追蹤這個社團，只是事務繁多看不仔細也記不清，但好像眞的是一個被丟棄的娃娃，氣急敗壞的回去找原主人算帳的傳說……

如果把菊子丟掉，喔……天哪！

「媽媽！」

清脆的嗓音傳來，妮妮蹦蹦跳跳的跑了過來，小小的她一馬當先，卻在進店裡時看見汪聿芃他們卻愣了住。

她懷裡抱著菊子，用警戒的眼神看向他們。

「嗨，妮妮！」童胤恒露出鄰家大哥哥的笑容。

妮妮只是點點頭，逕自轉向媽媽，「媽媽，叔叔帶我們去吃冰，好好吃喔！」

男友牽著柏明接著現身，在女友發難前趕緊補充，「三個人吃一枝冰，沒讓他們吃太多。」

「那就好！」魏思燕這才釋懷，因爲她不想讓孩子吃太多零食，「妮妮！過來！」

都要溜回樓梯下方的妮妮聞聲，又走了過來，曲著的左手肘裡藏著菊子，果然不離手。

「菊子有沒有向哥哥姐姐打個招呼啊，那個姐姐很喜歡菊子喔！」魏思燕誘導著女兒，指向汪聿芃。

汪聿芃立刻堆滿微笑，朝妮妮伸手，「妮妮好！菊子好！」

妮妮回眸看了汪聿芃一眼，只是把菊子揣得更緊了，她縮起身子，「菊子不喜歡她。」

啊咧！汪聿芃有點失落，「爲什麼？」

妮妮望著她，自個兒也困惑的搖搖頭，「不知道。」

「那哥哥行嗎？」童胤恒趕緊出聲，嘖！汪聿芃的怪連小孩都知道，眞不意外。

妮妮看向童胤恒，幾秒後露出微笑，愉快的走到他身邊，這讓對面的汪聿芃高高嘟起嘴，果然妹子不管多小都喜歡帥哥喔！

「菊子最近有乖嗎？妳都帶菊子去哪裡玩？」童胤恒不躁進，也不急著伸手，而是跟妮妮聊天，「妳把菊子照顧得很好耶，它頭髮好整齊。」

「我每天都幫菊子梳頭髮喔！這樣才會順順的！」妮妮開心的炫耀自己的寶貝娃娃，讓菊子踩上桌面。

一旁的柏明面露恐懼，緊緊拉著王兆平的手，刻意與妮妮拉開距離，靠貼著牆往裡面走去。

「給我弄碗湯吧！」男友輕聲對魏思燕說著。

「沒吃飽嗎？你們去吃了什麼？」

這邊在話家常，汪聿芃把目標放到了柏明身上，她放下筷子，從背包裡拿出隨身都會帶的零食，直接離位跑到樓梯下的角落去。

柏明一瞧見她走過來，又是緊張的想躲。

「幹嘛，不認識姐姐喔，我常客耶！」汪聿芃把巧克力糖塞給他，「姐姐昨天買的，覺得超好吃！」

柏明猶豫的看著掌心裡的巧克力糖，還是很乖巧的向左看向攤子邊的媽媽，得到首肯後才拿過糖果。

「謝謝。」這聲聲如蚊蚋，跟上次看到死小鬼完全不同，也才不過一星期啊，那狂暴又任性的小子怎麼消失了？

「不客氣。」汪聿芃回頭偷瞄著正聊得開心的童胤恒他們，索性蹲下來，「你跟妹妹吵架喔？」

柏明搖了搖頭，小嘴抿得死緊。

「可是你都不理妹妹耶，剛剛進來還離超遠的。」汪聿芃挑了挑眉，「還是跟菊子吵架了？」

啊！男孩登時面露驚恐的看向汪聿芃，眼淚瞬間匯集，眼看著就要哭出來。

「不哭！沒事！」汪聿芃可慌了，她沒有罵人啊，「我只是好奇問問，想知

道你為什麼討厭菊子啊？」

「它瞪我！我討厭它！」柏明嗚哇一聲大哭起來，「那個娃娃是鬼！它會動——」

唉！王兆平緊張的第一時間往外看，幸好現在沒什麼客人，焦急的趕緊走向柏明，汪聿芃識相的後退，一邊解釋說她真的沒幹什麼。

「我只是問說為什麼不理妹妹而已啊！」她誠實以告！

正跟童胤恒聊得開心的妮妮回頭，「菊子才不是鬼！哥哥亂說！」

「沒事沒事！可能都是我害的，柏明被我影響得不輕！」魏思燕連忙緩頰，汪聿芃默默的在童胤恒的眼神警告中坐回位子，「他也覺得菊子眼珠會動之類的。」

「就沒有！」妮妮尖叫著，滿腹不平。

「好好，沒有沒有，妮妮我們不要尖叫，有話好好說。」童胤恒溫柔的勸著，朝汪聿芃使了眼色。

「菊子這麼乖，怎麼可能會是鬼對不對！」汪聿芃加強了友好一面，伸出手輕輕的撫摸了菊子的黑髮。

妮妮正在氣頭上，回頭瞪著哥哥，並不在意汪聿芃的行為。

所以她趁機張開了右掌，明顯的在丈量菊子的頭髮——妮妮突然轉回來，看見汪聿芃摸著菊子，倏地抽回。

「不可以亂碰！」她嚷著，雙手把菊子捧在懷裡。

「我只是覺得……菊子太可愛了嘛！」汪聿芃裝可愛的說著，一邊飛快的從包包裡拿出筆，二話不說在手肘內側畫了一條線。

童胤恒看著她的動作，暗暗倒抽一口氣。

她在量菊子頭髮的長度!?

只見汪聿芃不慌不忙的再拿出尺，她眞的以掌爲尺的量菊子的頭髮長度。

「這次她就不讓妳碰了，妳下次要怎麼量？」童胤恒低語。

「不需要，因爲我上星期就量過了啊！」汪聿芃回得理所當然。

上星期？童胤恒愣住了，上星期他們全社在這裡吃飯那天，她的確有跑去找妮妮玩娃娃，那時還展現出對二手市集的熱切——她那天就量了菊子的頭髮長度？

「怎麼了嗎？」魏思燕將一切盡收眼底，她當然查過菊人形的都市傳說了，自動生長頭髮是最大的象徵啊。

汪聿芃翻開筆記本，上週她量完後有抄在本子裡……翻頁的手停了，她眼珠

向上瞟向對面的童胤恒。

不對勁！童胤恒喉頭緊窒，抓過手機，聯繫了都市傳說社的群組。

「說吧，幾公分？」他沉著聲開口，卻讓一旁的魏思燕莫名其妙。

「一天一公釐，菊子這星期長了零點八公分的頭髮。」汪聿芃看向了魏思燕，「跟人類生髮的速度是一樣的……」

妮妮雙手抓著娃娃端詳，「菊子頭髮長長了喔！」她開心的笑著，走回樓梯下要幫菊子梳理頭髮。

「媽——」柏明嚇得繞了出來，直撲向魏思燕。

自動生長頭髮的菊人形娃娃，這不是普通的菊人形。

菊子就是那個菊人形。

到底是爲什麼要自己找都市傳說？

數雙眼睛都瞪著正在吃冰的汪聿芃瞧，每個人心裡都無比沉重。

盛夏的社辦雖算通風，但風裡悶熱潮濕，舊教室沒有安裝冷氣，大家只能把窗戶打到最開，電風扇轉到最大。

社團成員圍繞著用課桌椅組成的大茶几，雖說人人面前一碗冰，但眞的吃得津津有味的只有一個人。

「唉……」康晉翊一聲長嘆，在剛剛那沉默的時間裡，他已經在腦子裡思考了所有的組合辦法。

「既然知道了就不能放著不管。」簡子芸完全明白他的嘆息，「是說……汪聿芃，妳怎麼就知道那是菊人形？」

「因爲我覺得它在看我。」鐽起滿滿綿密的花生，汪聿芃露出一臉大滿足。

「妳看見，它在看妳嗎？」蔡志友一字字緩緩的問，得到肯定的點頭，「因爲她看得見都市傳說吧，所以比我們早留意到。」

「現在都市傳說也眞辛苦，還要隱居去二手市集喔？」小蛙嘖嘖搖頭，「原來各行各業都有辛苦的一面啊……」

簡子芸忍不住噗哧一笑，「好辛苦喔！」

「哈哈哈，對耶！還得在那邊等人買！」汪聿芃也笑了起來，「萬一沒人買怎麼辦？」

「說不定它會散發出一種：快買我快買我的光芒啊！不然妮妮怎麼會吵著要？」童胤恒笑著搖頭，虧小蛙想得出來。

「不過還眞的跟一般都市傳說不一樣，完全走正常管道啊！」康晉翊其實感謝小蛙化解了緊繃的氣氛，「好，菊人形基本上是無害的對吧？」

「人面魚也是。」蔡志友很不客氣的補刀。

「先用無害的角度去想，就一個日本娃娃，頭髮自己會變長！」簡子芸當然知道人面魚本來也只是會說話的魚，但是——都市傳說要是能掌握，它還叫都市傳說嗎？「而頭髮經過檢驗，是人類的頭髮。」

「喔喔！對對，這個要檢驗。」蔡志友雙眼一亮，「娃娃頭髮還能長長已經很詭異了，還是人類的頭髮！首先那位菊子的頭髮是……」

童胤恒無奈從背包裡拿出了一個小袋子，鄭重的推到了桌上。

這動作只是惹得人不安，「這什麼？」簡子芸簡直屏住了呼吸，千萬不要告訴她是——

「菊子的頭髮啊，不是要驗？」汪聿芃說得理所當然，「我就直接拔幾根起來了，阿姨說可以的。」

啊啊啊啊！菊人形的頭髮，現在就被裹在那個衛生紙裡！

所有人瞬間起身，椅子紛紛後移，驚恐的瞪著桌上那薄薄的衛生紙。

康晉翊忍不住緊張的嚥了口口水，「要怎麼驗？」

然後，全社團的人卻都不約而同的望向他，這種事情當然要交給專業的，像他們只是普通學生，還是要警方才有辦法嘛！

連簡子芸都投以詭異的微笑，康晉翊哀怨的皺起眉，「不會吧？你們要我去找章警官嗎？」

所有人非常認真的點了點頭。

「只有警察有辦法啊！不然我們要去哪裡化驗？」蔡志友倒是從容，「章叔叔已經很瞭解都市傳說了，拜託他一下，再不然——提個小威脅。」

「威脅？」童胤恒不喜歡這個詞。

「唉唷，童子軍你傻喔，就說很怕人面魚事件重演啊！我們對待都市傳說還是認眞一點之類的！」小蛙嘖了一聲，童子軍就是童子軍，正直的蠢啊！

「你們這樣好嗎？」童胤恒果然覺得不好，「別讓章警官緊張，一個娃娃又要上升到危險級別？」

「一條會說話的魚也是普通級別啊！」汪聿芃托著腮，「你現在敢保證菊人形不會出什麼大事嗎？」

「不不不，千萬不要再出什麼大事了！」康晉翊立刻發難，「我們禁不起再一次的劫難……好，我會去拜託章警官，但不知道成不成就是。」

會成的，大家心知肚明，現在舉國上下都還是傷痛期，大家做起事都會特別謹慎。

「好，那我們來想一下菊人形，目前阿姨有說娃娃有什麼危害嗎？」簡子芸立刻打開筆電，進入下一個議程。

「沒有，但是她很在意那個菊人形，先是做惡夢，然後認爲娃娃轉了眼睛。」童胤恒愼重的重複。

「它眞的轉動了。」隔壁的汪聿芃肯定的說。

童胤恒幾分無奈，「還有哥哥柏明也瞧過，但似乎不那麼明顯，所以連阿姨都不確定是否是錯覺。」

「妮妮呢？」簡子芸的手飛快的在鍵盤上舞動著。

「愛不釋手，她……一直說菊子不喜歡汪聿芃，不知道是眞的還假的。」童胤恒總覺得妮妮太愛那個娃娃了。

「好厲害，說不定是早就知道外星女注意到它了！」小蛙一擊桌，「我跟你說，那個有靈性的都知道！」

汪聿芃不高興的回頭，「幹嘛每次都叫我外星女啦！」

「地球本來就不是妳的星球啊！」蔡志友還跟著幫腔，「小蛙說得有理，既然是都市傳說，感應敏銳自然也不在話下了。」

哼！汪聿芃歪了嘴，蠻不高興的繼續吃她的剉冰。

「除此之外，菊人形其實沒有其他恐佈的傳說，當年傳出來時，的確是頭髮生長這件事最懸疑。」康晉翊對都市傳說自是知之甚詳，「接著我記得大家去尋找了菊人形的起源，也非常單純。」

「單純嗎？」童胤恒有點遲疑，「有說跟遺骨一起，也有傳聞是把前一任主人的骨灰灑在娃娃上，所以可能讓那個女孩的靈魂附在菊人形上……因此才長出頭髮……」

「都沒有很單純！」小蛙搓了搓手臂，「這樣說來，是那個娃娃上一個主人也已經……掛了？」

「然後也灑骨灰在上面了嗎？」蔡志友邊說邊起雞皮疙瘩，「這年代有人會這麼做嗎？」

「盜墓。」汪聿芃突然迸出兩個字，順便拿湯匙做鏟子，做出一個挖墓的動作。

「盜墓？」簡子芸停下了打字的手，「盜誰的墓？」

「我的天哪……」她身旁的童胤恒覺得頭疼，「妳覺得娃娃跟主人埋在一

起，然後有人挖墳開棺，特意把娃娃拿出來嗎？」

汪聿芃開心的亮著雙眼，豎起湯匙只差沒喊賓果！

「喂，汪聿芃，妳想到哪邊去了！」康晉翊嘴上這麼說，卻也起了雞皮疙瘩，「盜墓也要盜古墓，盜尊娃娃出來做什……麼……」

話說到一半，他減緩了速度，不安的看向坐在身邊的簡子芸。

簡子芸過去曾經差點被做成「眞人娃娃」，被活埋在棺材裡，被救出後還一度患有創傷症候群，不敢在密閉空間裡生活，雖然現在已經痊癒，但就怕那件事仍在她心裡留下陰影。

「我沒事。」彷彿知道他在想什麼，簡子芸朝康晉翊扔了溫柔的笑，「我也覺得盜娃娃有點離譜，萬一眞的是盜墓，看到那種娃娃應該不會要。」

是喔……汪聿芃聳了聳肩，她只是覺得，既然對方是都市傳說的話，或許有方法吧！

「不管怎樣，先去驗頭髮吧。」康晉翊起身後到桌邊，拿過了菊子的頭髮，「然後……保守推測，菊子的上一個主人可能已經……」

「要找源頭嗎？」蔡志友擰起眉，「自二手市集買的。」

「邊問吧，但如果那個娃娃沒什麼奇怪的動作，是不是就別太擔心？」康晉翊試探性的問著大家。

「拜託！怎麼可能不擔心！你家床頭放一個自己會長頭髮的娃娃，你跟我說沒事？」小蛙哎了聲，「現在是因爲阿姨想扔不敢扔吧！都知道是都市傳說了，扔掉根本找死！」

「菊人形後來不是供奉在寺廟裡嗎，是不是應該也要照做？」簡子芸提出了建議，「好好的溝通，然後放到寺廟去？」

「寺廟倒是一個好方法！」童胤恒深表贊同，「好好供養它，說不定眞的是寄託了前主人的靈魂！」

「所以，」汪聿芃舉起了手，「上一任主人發生了什麼事呢？」

第三章
長長的頭髮

菊人形，曾有個兩歲的女孩叫菊子，很喜歡一個日本人偶，每天都抱著睡覺，買入隔年突然患風寒死去，悲傷的家人便將妹妹的遺骨和人偶一起放在佛龕前祭祀。

接著，詭異的事情發生，人偶的頭髮開始一點點增長，直到成爲披肩長髮，家人認爲這是「靈魂附體」，更加虔誠的供養。直到這家人搬家，才把人偶託付給寺廟供養。

再過幾年，這家人再次來到寺院，卻發現人偶的頭髮更長了，據說娃娃的頭髮依然持續增長中。

因爲太多人懼怕這種人偶，許多人選擇將人偶送到寺院和神社。

「所以上面可能有……一個女孩的靈魂？」王兆平吃力的吐出這幾個字。

魏思燕絞著衣角，「傳說是這樣的，但我不知道菊子是不是……天哪！妮妮還取了一個跟那個小女孩一樣的名字！」

「我們直接拿去廟裡吧？這樣下去不行！」王兆平勸說著，「不必問那群學生了，一群大學生能做什麼？我們直接去找師父！」

「我也想啊，我看到那娃娃就渾身發毛，但是——」魏思燕咬著唇，「你看妮妮那樣！」

妮妮實在太愛那個娃娃了，現在連洗澡都帶著它。

「妮妮那樣太奇怪了，妳不說我都想講，簡直像中邪一樣！」王兆平輕推了推魏思燕，「妳是媽媽，有點威嚴，至少不要讓她成天抱著那尊娃娃。」

「她會鬧的！」魏思燕只是嘗試的想拿過來看，妮妮都會哭鬧不休，「我沒有多餘的心力處理她的哭鬧。」

「找個由頭吧，隨便……看是她犯錯還是怎樣，只是先收起來！可以放在神桌上啊！」王兆平提出了好建議，他們客廳有神桌，說不定可以鎮住。

魏思燕驚喜的看向男友，他眞提了好建議！

「好，當初裝它的盒子呢？你去拿，我現在去看妮妮。」魏思燕立刻離開房間，前往孩子的房間。

途中經過客廳時，柏明正在客廳裡寫功課，他現在只要菊子在，他是完全不踏入房裡半步，怕得要命！抬頭注意到媽媽走過，有點好奇的張望。

魏思燕走進孩子房裡，妮妮又在玩扮家家酒，不過現在是歐式芭比宮廷宴會，不適合菊子，所以菊子是坐在一旁的專屬位子上。

「妮妮，幾點了？」魏思燕一進房就扳起臉孔。

「再一下下。」妮妮頭也不抬，耍賴的說著。

「說好十點就要上床睡覺的，現在都十點半了！」魏思燕加重語氣，「收起來！」

「……」妮妮開始番，「再一下下！」

「我最近是太放任妳了嗎？不守規矩了！」魏思燕走進房間，二話不說彎身拿過了菊子！「成天抱著菊子一點都不像話！沒收！」

妮妮當下愣住了，看著娃娃被拿走，幾秒後才反應過來！

「不要——媽媽！把菊子還給我！」妮妮慌張的從地板爬起，結果腳還因踩到自己的毯子往前撲倒，「哇啊啊……哇——」

哭聲傳來，魏思燕心疼的回頭，現在再心疼也比不上讓菊子遠離妮妮來得重要！

「不要哭！東西快點收一收！」魏思燕厲聲低吼。

「不要！我要菊子！我要菊子！」妮妮哭得泣不成聲，衝到魏思燕腳邊抱著她腿，「我會乖，我會收好，我十點上床睡覺！」

低首看著女兒哭到抽泣，再難受也只能忍，魏思燕將菊子高舉，「沒收一天，當作懲罰，妳不能做什麼事都帶著菊子！」

「我不要……我要菊子！我要菊子陪我！」妮妮哭得好可憐，語焉不詳的，

「媽媽，拜託妳，菊子……」

「不行！」魏思燕決絕的拒絕，「從明天開始，也不許把菊子帶去麵攤！」彎下身子，魏思燕拉開了妮妮的手，逕自往外走了出去！

「媽咪——」

悽厲的哭聲從房間傳來，柏明呆站在客廳，看著媽媽走出來，手上卻拿著菊子時，嚇得立刻跳到沙發上去！

王兆平此時步出，手上拿著當初買菊子時的外盒，魏思燕趕緊將娃娃放進去，好整以暇的收好，接著走向神桌。

「媽媽！」妮妮赤著腳衝出來，聲淚俱下。

魏思燕帶著盒子走向神桌，柏明驚恐在沙發上跳著，順著沙發一路跳離了客廳，跑到王兆平身後躲藏著。

「明天表現好就會還給妳。」魏思燕把娃娃放到神桌上，孩子們絕對拿不到的地方，「妳如果敢去拿，我就立刻把菊子丟掉！」

「嗚……哇……嗚嗚……」妮妮站在門口，止不住委屈的哭泣。

王兆平趕緊扮起白臉，「好了好了，妮妮不哭，快點把玩具收好，不要惹媽媽生氣就沒事了。」

「走開！你們都走開啦！」妮妮氣忿的推開王兆平，轉身往房間裡奔去，繼續嚎啕大哭。

柏明看著神桌上的盒子，惴惴不安。

「要把菊子丟掉嗎？」他小小聲的問。

「不是，是妮妮惹媽媽生氣，沒收一晚上。」要騙一起騙，王兆平抱持著這樣想法，「你也該睡了喔！」

「陪我，叔叔……」柏明抓住王兆平的小手抖得厲害，「我的東西還在桌子上……」

王兆平詫異的發現握著他的手如此冰涼，柏明是眞的在害怕啊！

他陪著柏明回到客廳茶几上收拾物品，柏明頭都不敢抬，飛快的收拾東西後，一溜煙的衝回了他原本的房間。

「柏明？你要回去睡了嗎？」王兆平相當詫異，這幾天他都賴在媽媽身邊啊。

「沒有菊子了。」他點點頭，後面突然扔來一隻兔子。

「菊子明天就回來了！」哭腫雙眼的妮妮氣急敗壞的再朝哥哥扔了一隻熊，氣他的幸災樂禍。

柏明根本無所謂，他還溫柔的幫妹妹撿起娃娃，重新放回她床上。王兆平嘆

口氣，好好安撫兩個孩子，讓他們就寢，這時候思燕不適合來，因爲她現在是「生氣的媽媽」。

關上大燈，開啓小夜燈，王兆平依序向兩個孩子道晚安後，走出房間。

「叔叔。」微弱的叫聲來自悶在被子裡的柏明。

「嗯？」將門半掩的王兆平回首。

「可以把門關上嗎？」

柏明睡在房間裡側，與門呈一個斜線，在床上的他就能看見門的開闔，正與王兆平對視著，他只感到這孩子的無盡恐懼！以往最怕關門的是他，不是妮妮啊！

現在的他，是怕菊子進去嗎？

「好。」他關上了房門。

無奈的走到客廳，看著神桌上的盒子。

「菊子，我不知道妳原本的名字是什麼，但是我們沒有害過妳，也沒有傷害妳的意思……」他誠懇的對著神桌祈求，「請妳不要傷害我們家裡任何一個人。」

魏思燕在自己的房口，看著男人的背影，雖然他們是相互依靠而在一起，但她眞的覺得自己很幸運，遇到了一個如此値得依靠的男人……講句實話，勝比她失蹤的丈夫可靠多了。

「明天妳要做生意，還是我帶去廟裡放好了。」上床時，王兆平爲她盤算著。

「你明天也要上班，不要爲這種事請假……我後天公休，我們一起去。」魏思燕有些感嘆，「如果這個都市傳說是眞的，菊子也跟都市傳說一樣的話，那代表有個女孩子可能因病去世了，感覺怪可憐的。」

「是啊，所以我們可以好好的請廟裡供養它！」王兆平也有些許遺憾，「這麼小的孩子……」

他眼神看得很遠，魏思燕知道他想起了他那雙子女。

撫撫男人的背，她給的安慰也只有這樣，兆平的孩子這麼大了，還是被妻子一起帶去淨灘，最終誰都回不來。

「睡了。」他微笑的吻上魏思燕的頰畔，兩個人關燈就寢。

數公尺外的孩子房間裡，柏明睜亮著一雙眼，目不轉睛的瞪著十點鐘方向的門，他想去鎖上，鎖上的話……菊子是不是就不會進來了？

隔壁床的妹妹已經沒了聲音，哭著哭著便睡著，但是他睡不著，他滿腦子想的都是他講給妹妹聽的故事！

木盒會被頂開一絲隙縫，菊子會從裡面爬出來，一拐一拐的走到房間門口，把門打開來——不要！拜託不要進來，他討厭菊子！他討厭！

寂靜的客廳，泛著紅燈的神桌上，其實木盒沉靜的躺在那兒。

黑暗中的娃娃躺在那裡，眼睛眨了一下。

『哇啊啊啊啊啊——放我出去！放我出去——』

等一下！

機車緊急煞車，下一秒往路旁倒去，童胤恒雙手抱著安全帽，瞬間就蜷了身子彎腰伏低。

後座的女孩動作迅速，即刻伸腳抵住機車的頹勢，再伸手握住龍頭，距離動作雖然很吃力，但是因爲童胤恒會抱頭彎低身子，所以給了她足夠的空間！

確保了機車的平穩後，汪聿芃第一件事是架妥機車，然後扣住童胤恒的身體。

「等我一下喔！」汪聿芃冷靜的喊著，確定機車穩定時，童胤恒都已經快倒下去了，「嘿！」

她扣著他的肩頭硬扳起身，使勁的搖晃著他，但童胤恒依然臉色鐵青緊皺著眉心，看起來又是非常疼！抬起頭看著這無燈的田邊馬路，他們今天是抄小路到隔壁小區去逛夜市，所以現在才會在這麼原始的小路上。

「不要怪我！」她望著刺眼的車前燈一台一台的來，真怕有人會不小心撞上他！

勾著童胤恒曲起的手肘，汪聿芃乾脆粗暴的直接把他拖下車！

「哇！」人高馬大的童胤恒真的被拖下來，人摔下了柏油路，汪聿芃立刻鬆手穩住機車，以防車子被他帶著一起滾下去……

對，旁邊是水溝，她當然會騰出另一隻手抓住他的外套，而且這麼一摔，他一般都會醒了啦！

童胤恒飛快的用手抵住粗糙的柏油路面，刺痛感讓他火速清醒，頭疼退散，讓自己重心向後倒，背直接撞上自己的機車！

「汪聿芃！」他低吼著，保證充滿不悅。

「厚！醒了厚？」她趕緊掏出手機，喚出手電筒亂晃，就希望遠處或喝茫的車主可以看得見他們，「嚇死我了！」

天哪……童胤恒全身冷汗的坐在路邊，意識早已清醒，他立即跳起身，看著

這窄小又兩邊都是水溝的田間道路，眞的是千鈞一髮。

「先上來吧！這裡不能待！」

「你可以嗎？」汪聿芃還是有些擔心，擦著他額上的汗。

「沒事了！」他肯定的說著，汪聿芃這才放心跳上機車。

趕緊先駛離這狹窄的道路，到大路上比較安全些，汪聿芃環著他的腰，依然繃緊神經隨時準備突發狀況。

「你聽見什麼了」難掩好奇，她還是想先知道！

「抓狂的叫聲，歇斯底里的喊救命……」童胤恒專注的看著前方，「是一個小女孩的哭聲。」

很小很小，如此稚嫩的聲音。

咦？汪聿芃心裡覺得不妙，童胤恒聽得見都市傳說的聲音，這次的都市傳說眞的是個小孩子嗎？

「我想到花子的事耶！」她嘟囔著，「感覺好差。」

廁所裡的花子，也是一個小女孩，成爲都市傳說前有著令人難以承受的悲慘人生。

「等等就先聯絡阿姨吧，我想知道菊人形今晚發生了什麼事！」

魏思燕是從床上跳下來的。

她才轉醒，迷迷糊糊的拿過手機查看，卻看見那群大學生中一位「童子軍」傳了訊息過來：『請問菊人形怎麼了？』

她是嚇醒的！為什麼那些大學生會知道昨天晚上她、她把菊子收起來了！

慌張的想要衝出去查看，卻在踏出房門時戛然止步，腳不住的開始微顫，她在害怕，她居然在害怕走出去會看見什麼！

早上七點多，天已經通亮了，外面還能有什麼嚇人的嗎？

但是她滿腦子都是幼時聽到所有關於娃娃的傳說，走路的娃娃、自己移動位子、爬上床鋪……天哪！她都幾歲的人了，現在居然在害怕那種明明曾嗤之以鼻的傳說！

深吸了一口氣，她必須鼓起勇氣——

「早啊，思燕。」王兆平的聲音溫和的從後面傳來，輕摟過她在鬓上一吻。

「早……」魏思燕被嚇了一跳，還沒反應過來，男友已經直接走了出去！

天哪！她愣住了，兆平怎麼就這樣走出去？

王兆平打著呵欠，他要先去叫孩子們起床，還得為大家準備早餐，這是他每天必做的事啊！

聽著拖鞋音直朝孩子房去，魏思燕兩隻腳生根兒似的動不了，她好怕聽見兆平的叫聲，如果孩子房裡出了什麼事──她身為母親，怎麼可以站在這裡！

咬著牙衝出去，從來沒想過連在家裡跨出自己的房間會這麼的困難！

孩子房裡非常平靜，傳來的是一如既往的耍賴聲，小孩子總愛賴床，魏思燕急忙的走到神桌前，先朝神明拜了拜，再查看上方的盒子。

盒子依然平穩的躺在那兒，看起來連位移都沒有，踩上椅子的魏思燕從灰塵的位子判斷盒子真的沒有移動，四周也沒有什麼腳印……呵，她突然覺得自己實在可笑極了。

「要拿下來了嗎？」王兆平從孩子房間走出時，瞧見她踩在椅子上。

「我就是看一下……呵，呵呵呵……天哪！」魏思燕逕自笑了起來，「我居然擔心盒子移動，或是蓋子打開，裡面的菊人形走出來！」

王兆平無奈的笑笑，「妳啊，電影看太多了！」

「呿！」她自個兒也覺得好笑，本來要動手把盒子取下，但聽見孩子房裡的動靜，還是暫時別讓妮妮看見好了。

趕緊把椅子搬回原位，妮妮這時才睡眼惺忪的走出來，一看見媽媽，嘴巴立即嘟起。

「媽媽……」她可憐兮兮的請求，「我會乖，我聽話，我想跟菊子一起玩。」

「還不行喔！要今天一整天過後，妳都很乖才可以。」魏思燕自然是拒絕的，「而且今天媽媽跟叔叔還要帶菊子去看醫生。」

妮妮一愣，「看醫生？菊子沒有生病！」

「它生病了，我們帶它去看一下醫生，晚上它就回來了。」魏思燕彎腰看著女兒，「晚上它回家後，妳還是很乖的話，才可以跟菊子一起玩。」

妮妮幾分遲疑，但還是用力點點頭，聽見有機會可以再重獲菊子，說什麼她今天都得當一個乖孩子！哥哥柏明從她後面走過，雙眼不經意的瞥了神桌一眼，眼底盈滿的依舊是恐懼。

家裡開始動起來，等等讓兆平送孩子去上學後，她再把菊子拿下來。

「媽媽。」才換好衣服，柏明卻突然進來房裡，面無表情的看著她。

「怎麼啦？還不快去換衣服，等等要遲到了。」魏思燕挽起袖子，她得趕快準備今天的料。

「可以把菊子留在醫生那邊嗎？」柏明眼神閃爍，「不要再回來了。」

啊啊！魏思燕趕緊蹲下身，慈愛的抱緊兒子，「沒事的，柏明，不要想太多，那只是個娃娃。」

「它不是。」柏明沒有回擁魏思燕，而是木然的回著，「妳明知道它不是。」

魏思燕沉下眼色，緊緊抱住兒子，即使如此，她也不能在孩子面前承認菊人形有問題，孩子還小，禁不起這種嚇。

「柏明，聽媽媽說，製作菊子的人很厲害，把它的眼睛做得像眞的人，你才會覺得它在看你。」魏思燕捧著柏明的臉，「媽媽也看錯過，但它眞的只是一個普通的娃娃，它不會動也不會走，一個晚上都乖乖的躺在盒子裡啊。」

柏明凝視著媽媽，淚水啪嗟就滑落。

「它沒有很乖……它沒有！」柏明哽咽起來，「媽媽，我怕菊子，它很可怕，它一直敲一直敲盒子，它敲了一整個晚上！」

什麼!?魏思燕詫異的看著兒子，就算內心震驚，表面依然不動聲色，只是抱得兒子更緊。

「你聽得見啊？」

嗯！柏明用力的點頭。

魏思燕再度瞥向了神桌上的盒子，剛剛自嘲的心理瞬間變得沉重，她哄著柏明去換衣服，廚房裡傳來陣陣香氣，早餐已經快要準備好了。

男孩失魂落魄的回房去，相較於他，妮妮正準備當個乖寶寶，以期能讓菊子回到她的身邊。

王兆平做了吐司煎蛋，孩子們還搭配牛奶，早餐上桌後他便去梳洗更衣，等會兒上班途中送孩子去上學。魏思燕沒跟他提及柏明說的話，猶豫著是不是今天不要出攤了，應該立刻馬上送菊子去寺廟才對。

趁機回訊息給那位童子軍男孩，決定實話實說。

『昨晚我找個藉口，把菊子放進盒子裡了，擱在神桌上面，為什麼問這個？』訊息飛快的已讀，但這群組有七個人，她不知道童子軍是否已讀到了。

童子軍：『因為，我聽見有個小女孩歇斯底里的哭泣，喊著放她出去。』

魏思燕看著那跳出的對話，震驚得差點滑掉手機——小女孩？

魏思燕：『你現在是說菊子在求救嗎？那個……都市傳說？』

『阿姨，或許我們要想得更遠一點。』這次對話是社長康晉翊打的，『記得菊人形的都市傳說嗎？源頭是跟前一個主人的遺骨一起供奉，所以她家人認為菊人形裡有著那個女孩的靈魂。』

昨天深夜童胤恒就傳訊通知大家，他又聽見都市傳說了，那是極稚嫩的女孩

聲音，哭喊著令人於心不忍。

康晉翊無法不想到都市傳說的由來，前一個主人在上面嗎？

魏思燕忍不住掩嘴，這是什麼意思？菊子裡面有個小女孩嗎？

『我覺得越來越可怕了，我打算今天拿去廟裡，看師父他願不願意收！』

『那是都市傳說又不是鬼！丟到寺廟沒有用啦！』那個大眼女孩立刻回，

『阿姨，我說過瑪莉的故事記得嗎？不要弄到菊子跋山涉水回來找你們全家，到那時就眞的來不及了啦！』

『汪聿芃！妳少說兩句！』

『汪聿芃，妳是在危言聳聽什麼啦！』

『汪聿芃！』

看著對話一句句跳起，魏思燕只覺得一股寒意，但是在恐懼之餘，卻也不禁想著困在盒子裡的小女孩，如果換作是妮妮，她也怕黑啊！

「思燕！我們要走了喔！」王兆平在門口輕喚。

「啊！好！」魏思燕趕緊擱下手機起身，送孩子們上學。

柏明是小學三年級，妮妮是小班，雖然經濟有點吃力，但教育是不能省的，她要專心於麵攤的食材，也不能總是把妮妮帶在身邊，所以幼兒園或托兒所都是好事，晚上再接到攤子來。

終於送走了男友與孩子們，魏思燕緊張的雙拳微握，回頭走到神桌邊。

沒事的，就是個菊人形，她研讀過很多次了，這個娃娃除了生長頭髮外，從來沒有出過什麼大事。

跟花子或是那個瑪莉不一樣……瑪莉，如果把菊子丟掉，她會變成那個追回來的瑪莉嗎？

小心翼翼的拿下盒子，魏思燕意識到自己捧著盒子的雙手居然在發抖，得擱到茶几上以防自己過度緊繃而弄翻。她蹲在茶几邊，不停的告訴自己沒關係沒關係，但卻依然不敢靠盒子太近。算了！咬著唇，用手指捏起盒蓋——唰！

盒蓋簡直是被掀翻的，魏思燕戰戰兢兢的跳了老遠。

但不必靠近，光是站在玄關，她就已經愣在了當場。

因爲盒子裡的菊子，有著一頭比它身體還長的黑髮，塞滿了盒子。

一夕之間，它的頭髮長長了三十公分。

第四章
二手市集

魏思燕果斷公休，帶著盒子直接到Ａ大的「都市傳說社」去，結果這天大家課都有點滿，現在因爲人數少得太多翹課不易，只能輪流在社辦裡接待魏思燕，但條理分明的康晉翊已經理出了頭緒，他覺得可以去試試源頭。

「二手市集是不定時的嗎？」小蛙在筆電裡搜尋著，耐性差的他顯得煩躁，「所以妳上次買菊子的市集下次不會出現？」

「這我不清楚，因爲那塊空地總是輪流出租……」魏思燕哎了聲，「就隔壁區的夜市啊，昨晚是夜市，週日上午就會是市集。」

「童子軍他們昨天去同成區探過路了，腹地還不小，周日市集也這麼大嗎？」簡子芸也正在查詢該市集的電話，或是說，主辦單位的資料。

「很大，可以逛一整個上午呢。」魏思燕望著擱在長桌中的盒子，「那天逛了許久，妮妮就是對菊子情有獨鍾。」

「是還蠻漂亮的啊！」小蛙由衷的說，「看上去很精緻，我都想說會不會是正港的日本貨。」

簡子芸聽了只覺得心慌，「如果是正港日本貨，就更可怕了！」

別告訴他們，菊人形飄洋過海，那多糟啊！

「不過我有認識的人在擺攤，她應該會知道那個攤位什麼時候來！」魏思燕

提及熟人，「我們應該是找那個攤子比較實在對吧？」

「對！是古物攤嗎？」聽見有人可能知道那個攤子的來由，簡子芸不由得雙眼一亮，「如果在我們附近，我們只要交通能到也沒問題，可以過去找他們！」

「好好好，我來問問李太太！」魏思燕立即拿出手機，眼尾又瞥了菊子一眼，「那個……菊子的頭髮怎麼辦？」

所有人屏氣凝神，看著那頭髮也不知道能怎麼辦！應該沒人敢修剪它吧。

「欸，如果裡面眞的住了一個小女孩……」小蛙托著腮，「掛的是前一個主人還是別人？」

簡子芸有點哀傷的嘆息，「不管是誰，童子軍說聲音年紀很小，搞不好跟妮妮差不多。」

身爲母親，魏思燕只要聽見這樣的形容就心疼。

「原始都市傳說是生病對吧！這麼小的孩子……眞的很可憐。」魏思燕於心難忍，想像小小的身軀受苦，父母一定心痛。

「花子也很慘！」小蛙一臉不爽，「反正我覺得虐小孩的都該死！」

「菊人形沒有被虐啦，就眞的只是生病！」簡子芸趕緊解釋，人家就躺在桌上盒子裡，說什麼鬼話！

不管哪樣，魏思燕想起妮妮，只會希望孩子永遠健康快樂。

「我也覺得虐童的都該死。」魏思燕看向小蛙，英雄英雌所見略同。

她開始聯繫所謂的李太太，也是攤商，以前跟老公比較熟識，有好康或便宜的攤位都會跟他們說；二手市集李太太一直有在參與，之前也問她要不要推攤車去賣麵。

人面魚事件後，失去經濟支柱的家庭很多，二手市集也變得興旺，如果家裡可以清出一些堪用品質又好的東西，也能去租一個攤位，多少能換現金。

筆電螢幕明明遮去簡子芸的視線，但她總是忍不住一直朝菊子看去。

他們的茶几是用八張上課桌子拼起來的，菊子與盒子就被擱在中間，以二手品來說，連外盒都相當精細，是蒔繪盒子，非常具日本風情；盒蓋擱在一旁，菊子安靜的躺在裡頭，頭髮已長到蓋住了她的衣服，透著光線，可以看得出那些頭髮光澤柔潤，老實說，真的不像是假髮。

「菊子來了嗎？」無聲無息的，門口突然迸進人影。

小蛙就背對著門口，被這動靜嚇得整個人跳起來，「外星女！靠腰！」

這聲粗口反而讓魏思燕差點沒嚇掉手機，一瞬間整間社辦變成驚嚇社，簡子芸正在偷看菊子，汪聿芃就這樣衝進來，不嚇死人才怪！

「汪聿芃！妳怎麼……妳跑步怎麼都沒聲音？」她撫著胸口，心跳超快。

「爲什麼要有聲音，又不是小蛙，磅磅磅！」汪聿芃立即趴上茶几，圓著眼好奇的看著菊子，「阿姨，我可以拿嗎？」

「咦……」魏思燕心頭一慌，立即看向簡子芸，「可以嗎？」

爲什麼問簡子芸啊？汪聿芃一頭霧水。

「它頭髮都長成這樣了，妳敢碰啊？」小蛙才覺得雞皮疙瘩竄全身咧。

「菊人形本來就會長頭髮啊，只是菊子快了一點而已。」汪聿芃毫不在意的直接把菊子從盒子裡拿了出來。

所有人倒抽一口氣，看那烏黑長髮流洩而下……豈止是超過了菊子原本十五公分的身高，根本快要兩倍長了！汪聿芃高舉著菊子，看著那頭黑髮，忍不住讚嘆。

「長得眞快耶！」她走到簡子芸桌邊，「剪刀借我。」

「妳要做什麼？」簡子芸可傻了。

「剪掉啊，菊人形要一直幫忙修剪啊！」汪聿芃理所當然的說著，「這麼長也不方便吧！」

「妳緩緩，拜託……」簡子芸連忙叫她把菊子擱回盒子裡，「先不要對都市傳說做什麼動作好嗎！」

汪聿芃一臉困惑，說實在的，菊人形不是多可怕的都市傳說啊！童胤恒還說了，聽見小女孩在尖叫哭泣，所以這再怎樣應該是小小孩子的靈魂吧！

她沒把菊子擱進盒子裡，而是穩妥的放在桌上，讓菊子立在那兒，黑瀑般的長髮披散在桌上。

魏思燕不敢靠茶几太近，小蛙連聲低咒為什麼要把菊子面對他，光是對視就會讓他渾身發毛好嗎！

汪聿芃不以為意的把菊子轉過來，與之對視著。

總得讓它看見些什麼吧？那天能看見菊子的眼神，今天也應該可以吧？

「啊！李太太說，古物攤這週日會再來耶！」魏思燕喜出望外的喊著，「他們簽了一個月，這一個月每週日都會在同成區擺攤！」

「太好了！」簡子芸也跟著興奮起來，「找到攤商，說不定可以知道這個菊子的來歷！」

什麼？汪聿芃一怔，「來歷？」

「對，我們想查一下，菊子前一個主人是誰，發生了什麼事！」簡子芸溫柔的嘆息，「阿姨也是這樣希望的。」

「如果無害的話，我還是想好好把它供在寺裡，但應該是要知道它是誰，跟它溝通看看。」魏思燕是這樣想的，要不然萬一眞的變成懷怨的娃娃殺回來，怨他們爲什麼丟掉它，豈不悽慘？

「是喔，也對……」汪聿芃倒是突然若有所思，「好像也是不好繼續放在家裡……」

「我不希望妮妮再抱著它。」魏思燕也說出了最介意的事。

「我只是覺得，有時追根究底不一定是好事。」汪聿芃喃喃說著，目不轉睛的盯著菊子。

簡子芸蹙眉，「那要怎麼讓菊子離開呢？」

汪聿芃看向右邊的她，說實話，她也不知道。

「那我們就週日一起去，阿姨應該也是休息對吧？」學校附近的小吃店都跟著學生週休二日的。

「對！就一道兒去吧！」

看著簡子芸忙著聯繫，汪聿芃轉回來，再度看向菊子——咦？

她忽地一顫，但大家都在忙手邊的事，沒有人留意到她的錯愕……菊子的唇，什麼時候張開了？

週日上午，大家都起了個大早，簡子芸更是拉著康晉翊在集合時間前先去逛了一圈，採買完才會合；小蛙就是興趣缺缺那種，到市集時連逛都懶，只是坐在機車上發呆打呵欠。

菊子的盒子還是由魏思燕保管，「都市傳說社」不敢收也不宜。

汪聿芃繞了一圈，完全看不出來到底誰賣出菊子的，因爲超多類似的攤子啊！

「要說菊人形，我剛剛看到現在有十隻吧！」連蔡志友都咋舌，「還有比菊子更精細的！」

「可別告訴我每隻都是都市傳說。」康晉翊沉重的說，想到頭就疼。

市集在大廣場裡，大家聚在入口等著魏思燕，意外的她不是一個人來，而是攜家帶眷，小小的妮妮紅著雙眼，可憐兮兮的拉著媽媽的裙角。

「哎呀！怎麼哭了？」一直也在他們旁邊的太太突然出聲，直接迎上前，「妮妮怎麼啦？」

咦咦？認識的嗎？大家不約而同朝太太看去，該不會就是傳說中的李太太

吧？

「媽媽要把菊子賣掉！」妮妮哽咽的說著，「菊子！」

「我沒有說要賣掉，只是帶菊子出來！」魏思燕回得不耐煩，昨天沒還給妮妮就已經鬧了一晚。

「爲什麼來這裡？」小孩年紀雖小，但可一點都不笨，妮妮記得她是在這兒買的菊子，「哥哥說媽媽要把菊子還給老闆！」

妮妮身後是牽著柏明的王兆平，哥哥別開眼神時，嘴角勾著笑容，他非常希望快點把菊子賣掉！

「對不起！妮妮出門鬧了好一會兒所以遲到了。」魏思燕歉疚的轉向康晉翊，「李太太，這就是我跟妳說的學生啦！」

一頭短捲髮的李太太轉過來看著他們，才一臉恍然大悟，「我就說怎麼有一票人在這裡等人，原來等妳喔！我李太太！」

「您好！」康晉翊禮貌的回應，「我是康晉翊。」

「這麼多攤子我也認不得，先帶我們去那攤吧！」魏思燕催促著。

「你們就是那個……都市傳說社？」連李太太都知道，「哎唷，現在說這個娃娃也是那、個喔？」

「應該是吧，所以想問一下老闆。」魏思燕臉色凝重，「妳說擺一個這個在家裡，怎麼受得了？」

李太太一臉戒慎恐懼的瞄向盒子，接著帶大家往市集裡去，「自己長頭髮……啊有沒有嚇到妮妮？」

「倒是沒有，但柏明一直感覺娃娃在看他，搞得大家都神經兮兮的。」魏思燕嘆著氣，「學生是說這個好像也不太會害人，就是會自己長頭髮而已。」

「夭壽喔！自己長頭髮就很奇怪了捏！」李太太縮起頸子，「我覺得阿才應該也不知道，妳去繞一下，賣這種娃娃的很多啊！就小小的又古錐！」

「沒有要怪才哥啦，就是想知道這娃娃誰賣給他的！」

「咦？」李太太突然止步回頭，「要找誰賣娃娃的幹什麼？那個之前沒有這種情況啊！」

「您怎麼知道？」簡子芸覺得可奇怪了，李太太怎麼好像知道似的。

「而且我們眞的沒有要怪罪人的意思。」康晉翊再三強調，「純粹想知道娃娃的來歷！」

「哎唷！」李太太蹙起眉，好像在煩惱什麼似的再哎唷了一聲。

說著沒幾步，就接近了一個古物攤，魏思燕突然雙眼一亮，認出了那個在攤位上的老闆。

「就是這裡……才哥！」她連忙上前，把那盒子擱上攤子，「記得我嗎？我在您攤上買了這個娃娃！」

盒子緊閉著，魏思燕沒敢打開，昨天汪聿芃趁大家沒注意，真的把菊子頭髮剪到之前的長度，天曉得今天會長成怎樣？

攤上老闆是個五十餘歲的男人，很狐疑的看著一整票逼近攤位的人，再看了看攤上的盒子。

「喔，日本娃娃。」他一眼就認出賣掉的商品。

「阿才，他們說這個娃娃會自己長頭髮！」李太太低語，但音量其實大家都聽得見。

只見老闆一怔，幾秒都回不過神，「嗄？」

「娃娃的頭髮會自己長長，那個可能是都市傳說，跟人面魚一樣的！」魏思燕悄聲的說，但老闆臉色丕變。

「胡說八道！現在是想退貨找碴是嗎？」

唉，正常反應，童胤恒覺得阿姨的開場方式眞是大錯特錯。

「我們……」康晉翊想再開口，魏思燕卻逕自繼續接口。

「不然你自己打開看看啊，昨天頭髮長到三十公分，還是那個學生剪的！」魏思燕指向汪聿芃。

童胤恒先一步拉拉汪聿芃的手，叫她不要回應，不過她還眞沒什麼心思在目前的狀況裡，一雙眼好奇的轉著，很想去逛街。

老闆乾脆的直接把盒子拉到跟前，魏思燕還拉著妮妮往後大退了一步，看著老闆打開盒子——菊子安穩的躺在裡面，齊肩的頭髮，沒有絲毫生長。

汪聿芃倏地正首，心機有點重耶！

「黑白講！」老闆不爽的把盒子推向魏思燕，「二手攤妳還要退貨，沒人這麼奧的啦！阿娟，妳朋友喔？」

「我們不是要退貨啦！是誰說要退貨了！」小蛙突然爆了粗口，「想問一下這娃娃誰賣的啦？」

老闆看著小蛙，下一秒卻是看向了李太太，「這樣好嗎？」

「我也不知道爲什麼他們會突然要問誰賣的！」李太太顯得十分爲難，這只是讓人更加起疑。

「有什麼不方便嗎？」康晉翊加強了語氣，「該不會你們早知道這個娃娃有問題，所以——」

「阿娟？」魏思燕不可思議的跟著驚呼出聲。

「不是啦！」李太太又嘖了幾聲，「到底問這個做什麼？人家賣給阿才，你們買了，就這樣啊！」

「嘿啊，不喜歡丟掉嘛！」阿才嘟囔著，朝旁邊別開眼神，顯得也很不滿。

「你們早知道娃娃有問題了吧？」蔡志友直接下結論，「這樣不行，這種東西怎麼賣人！」

「什麼有問題，人家抱了幾十年都沒事，有問題的是你們吧！」老闆不爽的擊了桌子，「死小孩在那邊黑白講什麼！」

人家抱了幾十年——童胤恒忍不住笑場，看來這娃娃來源不僅清楚，老闆說不定連誰都認識！

「熟人嗎？你們避成這樣？」汪聿芃左右張望，「該不會人還在這裡吧？」

李太太當下倒抽一口氣，明顯到全世界都知道——汪聿芃猜對了。

「人在這裡？」王兆平啊了聲，「難道也是攤商嗎？」

阿才很無奈的啊了聲，李太太也搖搖頭，看來大家是猜對了——娃娃的前主人不僅找得到，還在這個二手市集現場咧！

「阿娟！這很重要！我要知道這個娃娃之前發生過什麼事！」魏思燕積極的

上前，瞥了一眼盒內的菊子，它眞的如當日買來時的乖巧。

拿過蓋子蓋上前，汪聿芃又往前瞥了眼，菊子的唇比昨天更開了。

只見李太太萬分爲難，一直說你們這是在給我找麻煩，但還是移動了腳步，大家先是幾分錯愕，直到阿才催促著魏思燕，她才趕緊抱過盒子跟上。

「我們認識嗎？」王兆平上前與女友低語。

「不知道，可能沒有，我這邊認識的不多啊。」認識李太太也是因爲老公剛走時，她在路邊賣早餐時認識的。

「不認識啦，但是他們也在這裡擺攤，賣點吃的。」李太太聽見他們對話，回頭嚷嚷，「那個娃娃哪有什麼問題！之前慧來姐拿著三十幾年，我都沒聽過頭髮長長的怪事！現在跟我說它是什麼人面魚！」

「是都市傳說！」康晉翊忍不住想翻白眼，人面魚是都市傳說，不等於都市傳說全部都叫人面魚啊！

「都一樣啦！」李太太擺擺手。

「不一樣！」這句氣勢驚人，是後頭六個學生齊聲低吼的：到底哪裡一樣啦？

李太太愣住，瞄了一眼王兆平身後的學生，男人只有聳肩，她扯著嘴角還是

一臉不屑的正首，領著他們在二手市集裡彎來繞去，最終停在了另一頭某攤賣烤玉米的攤子前。

「玉米喔！好吃的！三支五十！」一靠近攤子，一對中年夫妻即刻招呼。花白頭髮的男人笑著走出來，看見李太太先是開心的打招呼，接著視線落到了魏思燕手上的盒子時，笑容陡然僵住。

他明顯的慌亂，瞄向了李太太。

「我……」李太太才想解釋，攤子裡的女人繞了出來。

「阿娟啊，妳要吃——」女人上一秒笑臉迎人，下一秒瞪著魏思燕手上的盒子也僵住。

氣氛詭異到沒話說，康晉翊來回看著兩方人馬，連魏思燕也都覺得對方的眼神太詭異了吧！

說時遲那時快，玉米攤的老闆娘突然大叫一聲，直接撲向魏思燕！

「還給我——小偷！」

伴隨著大喝，她衝向魏思燕手裡的盒子，王兆平焦急的鬆開柏明上前護花，扶著魏思燕的雙臂向後拉，同時童胤恒一步上前，擋下了突然抓狂的玉米攤老闆娘！

簡子芸跟康晉翊也機靈的閃到一旁，不明白的孩子們跟著尖叫，一時之間攤前亂成一團！

「等等，慧來！」老闆趕緊拉住老婆，「妳冷靜一點啊！」

玉米攤老闆娘雙手攀住童胤恒的手臂，眼神卻渴望的看著節節後退的魏思燕，「我的孩子！」

我的孩子？

喔喔！康晉翊雙眼一亮，簡子芸也即刻心領神會，果然是菊人形的都市傳說！

「這是妳的孩子？」汪聿芃也立即問了，「妳說裡面那個日本娃娃嗎？」

「不是不是！」老闆卻連忙否認，趕緊抱著老婆向後，「妳不要這樣，阿來！」

「我怎麼樣了！那是我的東西……阿娟，妳知道那是曉明，快點報警，我找到小偷了！」黃慧來哽咽的嚷嚷著，仍舊掙扎想要往魏思燕那邊衝。

魏思燕慌張又不解，她根本不認識這位太太啊，憑什麼說她是小偷？

「喂，李太太這是怎麼回事？爲什麼說我們是小偷？」王兆平對這樣的失態很不高興，附近多少人在看，不趕緊澄清就怕坐實了他們偷東西！

大家都是攤商，雖不是在一起，但總是有共同朋友的啊！

「誤會啦！誤會！」李太太趕緊朝四周解釋，「沒事的！沒事！」

「什麼沒事！那是我的東西！」黃慧來情緒依然激動！

「這是我的！」結果連年紀最小的女孩都發難了，妮妮氣呼呼的尖叫起來，「我的菊子！」

「對啊，這是我花錢買的！說人家是小偷未免也太過分了！」魏思燕心裡很不高興，不管這個娃娃詭異與否，都是花錢買的，不是偷的！

「不可能，那明明……」

「阿來！」老闆難受的低喊著，「我賣掉了！我把它賣掉了！」

咦？老闆娘明顯的愣住了，瞪圓一雙淚眼看向還拽著她的老公，震驚的神色讓大家都明白這背後鐵定有事。

李太太也尷尬的別過頭，看來她也是共犯之一啊！

「你……賣掉？你怎麼可以這麼做？」黃慧來激動的推開丈夫，「我當初找得要死時，你還說不知道到哪裡去了！居然賣掉——李秀娟！」

矛頭果然立即指向了李太太，她慌亂的哎著聲，不知道該怎麼辦，「張哥啊，你要解釋啊！你這樣不吭聲是要我揹這個鍋嗎？」

「不是……當初也是妳說應該要解決掉的！」老闆還真的準備推卸責任。

「我是提建議啊，但拿娃娃給我的人還是你啊！你才是作決定的人啊！」李太太驚愕又不悅的喊了起來，「這怎麼可以推到我身上咧，我又沒偷沒搶！」

在場大家都大概知道狀況了——菊人形原本是老闆娘的東西，老闆卻背著她賣掉，李太太認識古物攤商，協助轉手賣掉，但老闆娘卻渾然不知情。

「你們……怎麼可以這樣！你明知道曉明是我的命！」老闆娘喊得聲嘶力竭，冷不防的突然又朝魏思燕撲上去！

童胤恒依然擋在那兒，沒能讓老闆娘得逞，康晉翊趁機讓魏思燕等人離得更遠些，覺得這位大嬸隨時會失控啊！

「那是我的女兒！還給我！你們不能這樣！」

「太太，這個娃娃已經賣給這個阿姨了。」康晉翊義正詞嚴，「不管以前是不是妳的，東西現在是阿姨的了！」

「不是！不——是他沒有經過我允許就賣掉娃娃的！那是曉明剩下的東西啊！」老闆娘泣不成聲！

剩下的……還真的是遺物嗎？

「該不會真的把骨灰灑在娃娃上吧？」蔡志友其實是很好奇，這娃娃看起來

這麼乾淨，骨灰是能殘留在那兒？

「骨灰？骨灰！」老闆娘望著蔡志友，帶著瘋狂的笑了起來，「如果有骨灰的話，那該有多好！但是我連她的屍體都找不到啊！」

老闆娘下一秒崩潰哭泣，老公焦急的抱著老婆連忙安撫！

找不到屍體？所有學生面面相覷，等等，這有點超展開了吧！

「這些學生是做什麼的？怎麼這樣說話？」老闆竟責備般的朝向學生們。

「喂，有沒有搞錯啊！起因是你自己先背著你太太賣掉娃娃的……」小蛙嘟囔著，「遷怒喔！」

簡子芸趕緊回頭擠眉弄眼的比噓，少說兩句吧大家！

「別生氣，他們不是有意的！他們都不知道！」李太太趕緊上前排開兩方，「我之前是不是說了，你要找機會跟阿來姐說！現在搞成這樣……」

「啊賣掉就賣掉了，妳要讓這個……人帶著娃娃來做什麼？」老闆氣的是這點！

「不是啊，是他們說曉明的娃娃可能是都市傳說，就人面魚那種啊，什麼頭髮會自己長長……」李太太連忙解釋，可是這種狀況根本越解釋氣氛越糟，「但我不知道他們說什麼骨灰的喔！」

「人都沒找到還談什麼骨灰！」黃慧來驀地喊著，又是泣不成聲。

「人沒找到——」康晉翊謹愼的上前，「難道你們的女兒……是失蹤人口？」

黃慧來抿著的唇抖個不停，嗚咽得止不住哭泣，老闆只能搖頭，再長嘆。

「好好！都我不好，早知道你們會說這些，我就不帶你們來了！」李太太更顯自責，「曉明是他們的女兒，已經失蹤三十二年了，這娃娃是曉明最愛的娃娃，也是現場唯一遺留下來的東西啊！

失蹤，不是死亡。

所以沒有什麼陪葬或是遺骨伴隨著祭祀，因爲前一個主人，根本到現在都還沒找到！

第五章
失蹤的前主

張曉明，三十二年前在一處小公園玩耍時失蹤，在那個監視器不普及的年代，失蹤是一眨眼的事，甚至也沒有目擊者，難以找到證據。

吳曉明的父母，黃慧來與張恩光，現在都已經是年近耳順的人了，孩子一失蹤便是三十餘年，心裡期待的是她只是被拐走，就算被販賣，也是賣給富有人家，過著幸福平順的人生。

沒有見屍，就不會相信她已經死亡。

「三十二年前，有夠久的。」蔡志友輕輕嘆息，「這個就算現在想找到她，也比大海撈針要難了。」

所有人聚集在李太太的攤位裡，她本來就是拿家裡的東西出來賣，但是因爲人緣廣，租金也沒在吝惜，總是一個人租三個攤位區，圖個舒服跟聊天方便，一時之間要塞這麼多人竟也沒問題。

而且在原地就可以吆喝著請其他攤商送茶送點心的，簡子芸認眞覺得李太太眞的人面眞廣耶！

玉米攤提早收攤，這對老夫妻哪有心情做生意，黃慧來一雙眼死盯著魏思燕手上的盒子不放，到了這種時候，魏思燕反而不想鬆手，有種自己的物品被覬覦的厭煩感覺。

張氏夫妻被安排在一角，學生們橫在中間，把魏思燕一家安排在最後面，省得慧來姨一激動又要搶娃娃；而且剛剛閒聊時康晉翊才發現，魏思燕不過大他們七、八歲，他們居然叫人家阿姨，實在很過分，立馬改口叫姐姐。

魏思燕倒是無所謂，人生的打擊是很容易令人一夕蒼老的。

「沒有屍體就表示她還活著，只是……我們也知道不是那麼容易能找到曉明。」張恩光苦笑著，「只希望她能健康平安。」

「但那個娃娃是曉明的東西！」黃慧來哽咽的拭淚，「那天她不見後，就只剩下它了！我只剩下它了……你怎麼可以把它賣掉！」

「因爲三十幾年了，妳不能再這樣下去！」丈夫心疼得緊，「我們都知道找回她的機會渺茫，妳得放下！」

「放下？我怎麼放得下，那是我的寶貝！」黃慧來激動的起身，「她也是你的女兒啊！你怎麼可以放下！」

「是，她是我的女兒，也是我的寶貝，但我們都知道不可能尋回她了！」張恩光老淚縱橫，「我看著妳每天抱著那個娃娃說話，看得有多疼妳知道嗎？妳應該要過正常生活，除了擺攤外，跟大家一起聊天、一起玩。」

不是一有空就抱著那個娃娃說話，把自己關在房間裡，甚至還會爲它蓋被子、還要問它餓不餓，這已經是病態了啊！

「我照顧我女兒叫不正常了？我跟你說過好多次，它會冷會餓，它都會告訴我！」黃慧來接著說的話進入了另一個境界，「我有時會想……它就是曉明！或許就是我的女兒！」

現場一片尷尬，康晉翊默默喝著飲料，這位阿姨這種想法其實代表著……嗯……

「所以妳覺得是曉明的靈魂附在娃娃上囉！這就是菊人形的都市傳說！」汪聿芃非常認眞的回應，「換句話說，這個曉明已經死了，所以才會有靈魂附體的事啊！」

「汪聿芃！」這可是齊聲喝止，「都市傳說社」的大家僵硬的低吼，小姐啊！

童胤恒完全不想阻止，反正她說得也沒錯，這不也正是他們的猜測跟此行目的——要搞清楚菊人形上面到底有什麼。

「她自己說的啊！娃娃都會說餓會說冷了，再加上頭髮現在會自動長長，菊人形不就是因爲附有靈魂才會這樣！」汪聿芃完全不覺得自己哪兒說錯了，「這個玉米媽媽，以前娃娃頭髮也長長過嗎？」

黃慧來兩眼發直看著汪聿芃，那眼神絕對稱不上友善。

「妳在說什麼！妳現在在咒我的曉明嗎!?」黃慧來氣得全身發抖，雙拳緊握。

汪聿芃一臉莫名其妙，話不是她自己說的嗎？「是妳自己──」

「可是在正常情況下，娃娃開口表示餓或冷，也不正常吧！」康晉翊趕緊出聲，同時童胤恒才將汪聿芃拉坐下來。

「我知道您思女心切，我們是都市傳說社，我們想瞭解的就是之前這個娃娃的主人，究竟發生了什麼事，會造成它現在的……詭異狀況。」簡子芸也慎重的開口。

李太太趕緊再趁機安撫大家的情緒，剛剛緊繃的她都不知道要怎樣插話，左遞糖右遞點心的，不過除了小朋友外，實在沒人有心情吃。

「我家曉明失蹤……是在一個再平常不過的上午……」張恩光遙想著三十二年前的某日，眼神越來越遠。

在他們家附近有處小公園，說公園也不正式，就是一小塊地方，地主整理得乾淨整齊，還在老樹上繫了盪鞦韆，孩子們都會在那兒玩，三十多年前普遍都不富裕，所以孩子們有一片空地就可以玩到瘋。

「那裡的確很多矮樹，但大家的孩子都是在那兒玩，我的曉明也是……那時還有其他孩子在外頭跑來跑去，好不熱鬧。」黃慧來淚眼汪汪的回憶，淚水跟著滑落，「我跟我鄰居阿好在聊天，我家曉明一個人靜靜的，就在樹後玩，她說就只想跟娃娃玩。」

跟娃娃玩，魏思燕不由得看向自己的妮妮，妮妮自從有了菊子後，也只膩著跟菊子玩啊！

「都只跟娃娃啊……」童胤恒喃喃說著。

「大塊空地旁後有另外一塊小的，很多樹擋住，隔出一個半開放的安靜空間，我就讓她窩在裡頭角落；她準備小碗，拿沙子當飯，跟娃娃一起吃飯……還跟我說，娃娃說好餓喔，它好想好想吃飽。」黃慧來哭著也笑著，因爲那是她記憶裡的女兒的最後一幕，「我後來到旁邊跟阿好聊天，後來沒聽見曉明的聲音，卻聽見了奇怪的樹葉聲，我才開口喊她……」

她一開始以爲孩子是往裡頭移去，樹葉聲像是有人穿過了樹，本是擔心孩子亂跑才呼喚，可遲遲沒得到回應，焦急的趕緊衝進去——

「多久？」蔡志友關心的是這個，「如果幾分鐘的話，孩子被抱走就有可能！」

「我不知道……我覺得只有幾秒，就那麼一下下，我就跑過去看了！」黃慧

來雙手向上，顫抖得厲害，「地上只剩下倒在沙裡的娃娃、那些盛著土的小碗小杯，只有我的曉明不見了！」

這樣不準啊！蔡志友皺起眉，媽媽認定的時間差根本不準確，加上事隔三十二年了。

黃慧來痛苦的大哭起來，張恩光趕緊上前把她拉回椅子上，緊緊擁住。

「因爲是沙地，現場其實是有腳印的，但我們那時哪懂這些？慧來驚慌的大叫，大家通通跑過來幫忙找，結果警察又說，這樣子根本找不到嫌犯的足跡……」張恩光痛心的搖頭，「那邊的出入口又多，在曉明的正後方的樹下跳出去都能通到小徑與田埂，無從查起。」

加上沒有監視器也無目擊者，曉明就這麼失蹤了。

「孩子沒有尖叫嗎？」簡子芸就用三十秒去思考，「明明就在眼皮子底下這樣被擄走……也是很厲害。」

「曉明才六歲，她很小，如果是成年男性從後面摀住她的嘴，抱了就走了。」張恩光已經設想過各種狀況了，「現場又很多孩子在玩……人聲嘈雜……而且其實阿來的角度，看不見她。」

童胤恒看著痛哭失聲的年邁夫妻，他們雖說想找娃娃的前主，但爲什麼好像在揭人瘡疤，甚至是在失去女兒的父母傷口上灑鹽！

此時一旁的李太太糾結不已，拉著自己的圍裙。

「就……是我不好，我看慧來姐這樣不是辦法，都這麼多年了，也一直抱著那娃娃不放，我才跟張哥商量！」李太太的態度比剛剛軟了很多，「我們也是討論，想說那個娃娃綁住了慧來姐的心，睹物思人才放不下，張哥也很擔心她越來越自閉啊，所以找個機會就把娃娃給我，讓我處理。」

「所以妳就賣給二手攤商了？」小蛙往身邊的攤子瞄了一眼，「啊妳自己不是有在賣東西？爲什麼要給別人賣？」

「她賣也太明顯了吧！」汪聿芃好氣又好笑，「等等玉米老闆娘來打招呼，哈囉李阿娟～咦啊這不是我的娃娃嗎!?妳怎麼可以這樣？小偷——」

一個人演完全套，大家超想笑的但是又怕在黃慧來面前失禮，汪聿芃也太明顯了啦！

李太太就笑不太出來，因爲黃慧來正抬頭瞪著她，害得她別開眼神，不然能怎麼辦？娃娃就是張恩光給她，她再轉去給阿才賣啊！

「說得也是，玉米攤在西北角，賣娃娃的在東南，不容易遇到，再加上……四面都有出口，你們出攤一定從西北角。」蔡志友仔細推敲過，「這裡這麼大也

不好認，顧攤四處逛的機會也不多。」

「再加上其實這裡賣菊人形的也不少，有幾尊跟菊子也很像。」簡子芸剛逛過了，知之甚詳。

李太太點點頭，就是這樣，所以給阿才最好，而且才擺出沒兩天，娃娃就被買走了。

坐在後頭的魏思燕跟著流下眼淚，黃慧來的哭聲如此感同身受，她伸手抱過一旁的妮妮，她真的無法想像如果有一天妮妮也這樣失蹤……她也會瘋掉的！

「我買這個娃娃時，只是因爲我女兒很喜歡，我不知道對您的意義這麼大。」魏思燕撫著手裡的盒子，「或許……」

啪！一雙小手蓋在盒子上，妮妮彷彿知道媽媽要做什麼似的，拎著一雙淚眼看向魏思燕。

「這是我的菊子……」

「妮妮，這個娃娃可能對那個阿姨更有意義……」話說到一半，後腰卻被王兆平戳了一下！

嗯？她錯愕的向左後回頭，男友皺眉搖頭。

「這是我們買的，而且妳要想一下爲什麼那個老公要賣掉？」他一語道破關鍵，「不就是因爲不希望老婆繼續魂不守舍嗎！」
可是……魏思燕看著盒子，這不是把燙手山芋扔掉的最佳時機嗎？
「瑪莉。」前頭的汪聿芃幽幽的丟出兩個字，讓魏思燕登時顫了一下身子！
難道……她想藉安撫對方之名，以行把娃娃丟掉之實，這個娃娃也會變成瑪莉娃娃嗎？
「那請問在之前……這個娃娃有名字嗎？」康晉翊打算用個統稱比較方便。
「曉明叫它蘋果。」
眞是淺顯易懂，「好，在持有蘋果這三十二年間，蘋果有過什麼異狀嗎？頭髮會變長過？」
啜泣的黃慧來愣了住，「在說什麼!?它是曉明留下的東西，我也很思念曉明沒錯，但我沒瘋！娃娃怎麼會長頭髮!?」
「我昨天才幫它剪頭髮耶！」汪聿芃隨手比了個長度，果然這對中年夫妻都沒在聽人說話，「剛都說了是都市傳說、菊人形，會自己長頭髮的娃娃。」
黃慧來跟張恩光吃驚得立即看向魏思燕，她沉重的點點頭，「不誇張，頭髮眞的一夕之間長得很長，在此前不明顯，但確實留長。」
「因爲菊子愛漂亮！」妮妮稚嫩的笑著，「跟我一樣！」

妮妮擺擺頭髮，她今天的頭上多了一個新的粉紅色髮帶，上面還有一個小愛心的空心墜飾。

「對，菊子愛漂亮。」魏思燕只得應和。

老夫妻完全無法接受，他們真的從沒遇過什麼怪象，現在說蘋果頭髮留長，這感覺……天哪！

「不會不會的！」黃慧來慌亂的搖頭，揪著老伴的手，「曉明現在過得很好，一定很平安的！」

「對！我們家曉明這麼可愛，福大命大！」張恩光也想到那一層，想起了剛剛這些學生說的骨灰，他們總算連起來了。

但是，「都市傳說社」的社員們卻變得沉默，狀況不太對啊，失蹤三十多年的女孩，突然開始異變的娃娃，這怎麼樣都覺得有東西在娃娃身上。

「我們已經把頭髮拿去化驗了，想確認長長的部分是不是……人類的毛髮。」康晉翊說得很謹慎，「如果，我是說如果，你們有……」

他實在說不出口，這對老夫妻花了三十二年拼命說服自己，曉明還活著啊！

「想不想知道由您們決定，我們也只是比對，現在一切都是未知數。」簡子芸意外的堅定，「有曉明的頭髮的話——」

張恩光整個人都在發抖，「怎麼可能……你們說蘋果頭上的頭髮會是曉明的？」

「都市傳說很難講的啊！魚會說話你想過嗎？」蔡志友直接一刀插進要害。都市傳說都市傳說，現在人人聞之色變的東西啊！

「哎呀，別嚇人，越說越可怕！」李太太也跟著搓起雞皮疙瘩，「我當初只是爲了幫慧來姐，又看著那娃娃精緻，丟掉不好，怎麼弄出了這麼多事！」

「妳不知道事情，這不關妳的事。」魏秋燕用力捏緊手裡的盒子，「買下菊子時，誰都不知道背後的事，純粹因爲妮妮喜歡。」

「很喜歡！」妮妮用力點頭，「我的菊子。」

聽見妮妮的聲音，黃慧來立刻望向那可愛的女孩，想起她的曉明，她的曉明抱著娃娃的模樣……她緩緩站起，淚眼汪汪的走向魏思燕。

「把娃娃還給我……」無奈中間擋了康晉翊跟汪聿芃，大家的座位都刻意梗在他們兩家中間啊。

「不行啊，那是魏姐買的東西，您老公已經賣了。」簡子芸苦口婆心。

「那我買回來！我花兩倍的錢買回來！」黃慧來激動的比著二，想撥開擋路的學生們。

王兆平二話不說把盒子抱過來，堅定的朝魏思燕搖頭，拉著裙子的妮妮感受到氣氛不對後開始嗚咽。

「我的！妮妮不賣！那是我的！」妮妮嚷嚷起來。

「好，不賣，沒有人要賣！」王兆平趕緊安撫孩子，「這本來就是妮妮的，我們都是透過正當管道買下，沒有再轉手的道理。」

魏思燕有些掙扎，但她心底最大的恐懼是深怕娃娃回來復仇……它都能自己生長頭髮了，還有什麼做不到！

「買……那蘋果當初你們也是用買的嗎？」汪聿芃好奇的提問，「前一個主人是誰？」

咦咦！康晉翊詫異的看向汪聿芃，再往前找嗎？汪聿芃想追些什麼？那天才說不要追根究底比較好？

「都這麼久了……」張恩光混亂的搖頭，年紀大了，什麼都記不清，「我不太記得……」

「這怎麼忘得了！我們的確是用買的，一個阿嬤用很便宜的價格賣給我們，重點是要善待娃娃。」與丈夫相反，黃慧來記得一切的細節，「但是你們想知道這個做什麼？阿嬤早就不在了，當初賣給我們時已經很老了。」

「沒關係，我們想知道這個娃娃的來歷。」童胤恒接口接得迅速，「而且如果可以的話──希望能幫你們找到曉明。」

咦？童子軍？

「你這承諾也太差了吧？好歹要經過大家討論吧？」大家暫時與魏思燕一家分開，小蛙立即發難，「還幫人家找女兒？失蹤三十二年了！」

「我那不是承諾，我意思是有機會試試看。」童胤恒已經飽受一路的白眼跟責備了！

現在大家坐輕軌回學校，所有人都坐在對面座位皺著眉看他。看，社長至今還愁眉不展。

「但你說的也不明確啊，至少那個阿姨都快跪下了。」簡子芸也覺得不妥，「這像是給人希望，但……」

童胤恒有些沉重，他本意是好的，但是社員們卻都不這麼認爲；看向身邊的汪聿芃，她最近有點怪怪的，進輕軌後也不想坐，逕自站在不會開的門邊，看著窗外的風景。

「汪聿芃，妳也這麼認爲嗎？」他想求個支持，這傢伙好歹要在這時支持他吧！

「啊？」她回神似的轉過來，「不知道耶，找到的機會多寡未知，我想的是你是要找死的還是活的。」

「可以再烏鴉一點！」小蛙頭犯疼了，幸好她沒有在人家父母面前說這個。

童胤恒卻突然一笑，雙手攤開的看著對面座位的眾人，一臉「看吧」的模樣。

「現在是還要鼓勵汪聿芃嗎？」康晉翊內心眞是無比沉重，「告訴慧來阿姨，我們可能會找到曉明的屍體醬子？」

「這沒什麼不好吧！」童胤恒瞥了汪聿芃一眼，一副妳懂我的模樣。

「紅衣小女孩找到的也是骨頭啊。」汪聿芃終於轉過身，背靠著門，「學長他們當年也破了懸案呢！」

「還有樓下的男人，在學校蓮花池底撈出來懸案中的白骨啊！例子可多了！」童胤恒趕緊補充，「但我記得家屬們傷心之餘，卻也放了心——」

因爲，無論生死，總算是找到了。

他們的車廂裡先是一片靜寂，接著對面每個剛剛還憂心忡忡的人們個個突然雙眼發光，燃起熊熊熱情似的！

「對啊！對啊！學長他們就是因爲破獲紅衣小女孩而夯起來的！因爲也幫助那個小女孩！」小蛙哎呀了聲，「不管機會多渺茫，能不能抓到綁走曉明的凶手，那或許可以——」

「對啊！我們都忘了這件事，仔細回想，以前因爲都市傳說間接破了不少懸案，幫助多少家庭補足遺憾！」簡子芸跟著神采飛揚，「慧來阿姨的精神不一定有問題，她會捨不下娃娃，只是上頭寄託了對女兒的思念。」

無論死活，總是希望能知道她在哪裡！

「對啊，雖然我們心知肚明，曉明只怕已經……所以菊人形的變化應該跟她有關。」康晉翊也瞬間同意，「找到她、說不定也有機會找到當初拐走孩子的混帳。」

幾秒鐘內大家幾乎都同意了，個個熱血沸騰，想起前人的路，想起說不定有的都市傳說就是因爲很多人的意外去觸發而成的！

不過妙的是，今日的蔡志友格外沉默。

「你幹嘛？」小蛙不客氣的推了他一把，「不要跟我說什麼不合常理你這科學驗證怪咖，娃娃會長頭髮科學驗證給我看！」

「誰還在跟你科學驗證社！我都跟都市傳說社上山下海多久了……」蔡志友嘖了幾聲，「是說厚，我也不是不想找那個女孩，我只是覺得有很多東西我們應該都考慮一下。」

「例如？」康晉翊謹慎的詢問，蔡志友過去是科學驗證社的社長，視角與他們不太一樣。

「例如，應該更徹底的瞭解曉明當初失蹤的情況，縮小尋找範圍；例如，如果她早就不在人世，她媽日夜抱著菊人形三十二年卻沒異狀，到了妮妮手上才……七天？十天？就開始長頭髮了？」

「十二天。」汪聿芃精準的說出數字，「我們上次去吃麵時我量過，到我那天發現剛好十二天，長零點五公分。」

「那還是我們去吃麵的時候，但妮妮更早之前就買了……」簡子芸仔細回想著，「的確應該要把日期確定下來，什麼時候買的、發現問題的是汪聿芃，接著到今天……」

「蔡志友提得很有道理，弄得好像這三十幾年來它都不是菊人形，到了妮妮手上才開始轉變。」童胤恒回憶著菊人形，「難道曉明是最近才出事？」

「如果曉明還活著，算一算也要四十了，現在離世後才跑到娃娃身上變成菊人形嗎？」小蛙怎麼想都莫名其妙，「童子軍聽到的聲音是小朋友啊！我們學校有沒有靈異社啊，是不是應該要找他們看一下，或是……」

「當初菊人形的前主過世後，也是一陣子後才長頭髮不是嗎？」汪聿芃歪了頭，「會不會需要時間？」

對面的康晉翊微微抽了口氣，「需要能控制頭髮長度的時間嗎？修煉的概念？」

「要這麼麻煩嗎？之前那個向日葵不是一下就蹦蹦跳跳了！」小蛙說的是一個人捉迷藏裡的娃娃，小小的腳吃力的在樓梯上走，手還握著刀子咧。

「我就隨便說……」汪聿芃聳了聳肩，「到囉到囉！」

輾轉的轉車總算回到學校附近，此時與魏思燕的群組又來訊息，他們家現在陷入矛盾，妮妮絕對是不想交出她的菊子，王兆平在娃娃無害的情況下也不贊成，魏思燕跟柏明是最想把娃娃轉手的人，但又深怕「瑪莉的電話」重演。

而且經過今天後，魏思燕母愛大爆發，他們都想要知道造成菊子變化的主因會不會是那個六歲失蹤的曉明？

「這樣好了，我跟小蛙直接去大圖書館找當年的失蹤案資料！」一出輕軌，蔡志友當機立斷，「只有大圖書館有過去報章雜誌的存檔。」

「好！我四點才要打工。」小蛙跟蔡志友跑腿找資料已經熟門熟路了。

「麻煩你們了。」康晉翊頷了首，小蛙是衝動派，但有蔡志友當理智門，這兩個從一開始不對盤到現在幾乎成了麻吉了，「我們這邊先去警局，剛章警官找我，說頭髮的事好像有結果了。」

頭髮，簡子芸下意識摸了摸口袋，臨走前她跟黃慧來要了曉明的頭髮，希望能做比對。

「不知道驗出來的結果是什麼……」她眞是既期待又怕受傷害。

「人髮吧。」汪聿芃超自然的說著，「如果是假的，章叔就說了！」

呃……章警官，是他們學校這個管區的老警察，以前小靜學姐認識的長輩，對於都市傳說相關案件有相當高的經驗值，至少是信他們的人……當然，現在局勢不同了，人面魚之後應該很少人不信都市傳說了。

「有夠實在，我也覺得因爲是人髮，章警官才會叫我們去。」童胤恒深有同感，「而且我……」

他話說到一半，倏地回頭。

嗯？這動作突兀到大家都跟著回頭，輕軌站出來就只有一堆人潮而已啊。

「怎麼了？」康晉翊左顧右盼，童子軍的表情好嚴肅啊！

「我總覺得有人。」他認真的看了一圈，實在也看不到可疑人士，「覺得有人盯著我們。」

「哪裡哪裡？」汪聿芃直接往後大喇喇的看，「說不定我看比較準！」

「妳也只看得到都市傳說，是準什麼啦！」童胤恒沒好氣的推著她往前走，「剛剛說到哪了……對！是不是明天就去曉明失蹤的地方？」

「李太太他們晚一點給我們確認，明天大家都要工作，要等收攤後吧……時間會很晚了。」簡子芸的行事曆上清楚的記載著：「失蹤處」。

他們本來沒想去勘查那個地方，年代久遠，也說了地主死後就任其荒蕪，可偏偏妮妮的童言童語中，剛說出了「菊子在堆石頭，很開心！」

這句話讓黃慧來瞬間崩潰，直嚷著那就是曉明失蹤的地方。

「妮妮到底是胡謅還是真的看得到什麼？」簡子芸不解的是這點，「她跟黃慧來有點像啊，一直都知道娃娃的想法與意思？」

「黃慧來有說是做夢，妮妮說不定也是，但是她太小了分不清現實與夢……但我在想如果這是一種引導呢？」從剛剛童胤恒提到紅衣小女孩開始，康晉翊滿腦子都在轉著這件事，「她說不定也有傳遞訊息給媽媽，只是她媽媽沒發現？」

「猜沒有用，如果真是線索，就先順著走吧！」到了停車場，童胤恒一腳跨

上後戴妥安全帽，「我們現在先去警局吧！汪聿芃！」

後座沒重量，童胤恒狐疑的回首，女孩又站在不遠處，仰頭看著天空。

「別發呆了！汪聿芃！」簡子芸都已經在催油門了。

「唉。」她在那邊嘆氣，拖著腳步走來，這才接過安全帽，「我覺得啊……這個都市傳說很討人厭呢！」

「哈哈哈哈！」康晉翊忍不住笑了起來，「哪一個會讓妳覺得可愛，拜託妳告訴我！」

汪聿芃嘴嘟得老高，童胤恒跟著搖頭，她的討厭或許是因爲孩子的失蹤、或許是因爲可能已死亡，也或許是因爲在那個身體裡無助的求救。

但不管哪一個，他們都要有心理準備，能讓娃娃變成菊人形，代表著在某代的前任主人、或是某個不知名的女孩，絕對有人已經出事了。

第六章

重返舊地

不出所料，菊子長出的頭髮已經確定百分之百是人類毛髮，這讓章警官相當驚訝，雖說接觸都市傳說也不少年了，但眞的看見娃娃長出的人髮還是太詭異。

而接下來更糟的是，簡子芸硬著頭皮遞出曉明的頭髮，雖說事隔三十餘年，可保留完整的梳子上還是有完整毛囊的頭髮，拜託章警官比對。

章警官完全傻住，娃娃長頭髮已經夠扯了、然後是人類頭髮快天方夜譚了，現在還可能是某個失蹤兒童!?

但警官就是警官，很快的就聯想到當年夏天學長他們在青山路找到的枯骨，所以章警官什麼都沒說，就是交代他們要小心，一旦找到什麼，都要記得通知警方。

蔡志友跟小蛙在圖書館找到當年的報章資料還不少，因爲在純樸的年代有孩子被綁架是大新聞，不像現在司空見慣可能連報導價值都沒有。

曉明當初的失蹤是當地社會大事，但是礙於科技不發達加上證據被熱心助人的鄰居們破壞殆盡，幾乎什麼線索都沒有留下，警方要找人根本如同大海撈針。

從頭到尾唯一在附近找到的是個弱智少年，但別說沒行爲能力了，神智不正常的瘋癲鬧事，嚷嚷個沒完，並無嫌疑。

「就是這裡，那時曉明就在這兒玩。」

黃慧來心碎站在一處滿是土沙與碎石地上說著，兩旁都是老樹，樹鬚垂得四處都是，加上天色已暗，嚴重遮蔽視線！

所有學生都拿出手電筒，盡可能照亮這個根本連路燈都沒有的地方。

「我們必要時得挑個白天再自己來一次。」康晉翊當下作了決定，這裡太黑了，什麼都看不見啊！

「外頭有一大塊空地，再順著小彎路進來，就是這個小區塊了！這兒樹多視線不良，後面四周也全是樹。」張恩光指向大家背後的各種樹木，「可撥開來，跳下去就是水田了。」

水田依舊，裡頭種植稻米，童胤恒拿著手電筒四處探照，田裡的水倒映著燈光，下頭果然就是田埂，僅一公尺高左右的落差，而且田埂四通八達，能通不遠處的大馬路上。

如果黃慧來當年其實是隔了數分鐘才發現失蹤，已經來不及了。

「這裡都沒變嗎？」蔡志友四處探照著。

「沒什麼變，除了沒人整理外……」張恩光有點遙望，「還有很多人都不在了。」

「石頭！好多石頭！」妮妮開心的聲音傳來，她一點兒都不怕黑，而且今天已經抱著菊子了。

魏思燕趕忙上前，「不能碰這裡的石頭啊！乖！」

汪聿芃的手電筒跟著照去，在曉明當初玩耍的樹下，有著好幾座用大小石子堆起來的許願塔；這在世界各地都看得見，許多人許願時會堆的石子，有高有低，意外的這兒有人堆這個？

康晉翊狐疑的彎身閃過老樹的氣根，撥開來往裡頭瞧，死角內沒有什麼神像，爲什麼大家要在這裡堆石頭？因爲石頭多嗎？

「這以前就有了嗎？大家在這裡許願？」康晉翊提出疑問。

「也不知道，一開始就有一兩個，都在很裡面我們沒在意。」黃慧來搖了搖頭，「後來開始越來越多，不知道在跟誰祈求。」

「心誠則靈吧，只是想許願。」小蛙看著好幾座塔，居然還有堆超高的卻屹立不搖咧，「所以妮妮，菊子在疊這個嗎？」

「對！」妮妮用力點了頭，「一塊接一塊，菊子好開心！」

「那菊子在許什麼願呢？」簡子芸蹲下身，用孩子的語氣問著。

「嗯……」妮妮看起來很困惑，撫著菊子的頭髮，最後搖了搖頭，「我不知道耶！」

魏思燕憂心的看著妮妮，每次孩子在說菊子又怎樣時，她都會希望這一切只是妮妮的幻想罷了。

「哥哥沒來嗎？」蔡志友留意到王兆平與柏明都沒出現。

「哥哥很怕菊子，我拿出來給妮妮後，他就在那邊歇斯底里了。」魏思燕也無奈，「但不給她，就換妮妮叫了。」

「哥哥討厭菊子，菊子也不喜歡哥哥。」妮妮不高興的蹲在地上，也開始有樣學樣的要疊石頭塔。

看起來，哥哥好像挺敏銳的嘛！

「那菊子還有沒有跟妮妮說過什麼？」簡子芸再問，希望能多點線索，「它想去哪裡？想做什麼？或是要妮妮幫忙？」

妮妮把一個個石頭堆起，開心哼著歌，「我也要堆石頭，許願！」

汪聿芃自始至終沒吭聲，她很討厭這裡，說不上來的厭惡，她就粗魯的蹲在地上，手電筒照著大家的腳還有那一疊疊看了就令人發寒的石頭許願塔，以及……妮妮一直抱著的菊子。

她剛剛量過頭髮沒長長，那麼也該有別的變化吧……菊子，身爲都市傳說，妳不可能這麼簡──咦？

妮妮左手抓著菊子，右手拿著石頭堆疊，輕快的哼著歌，媽媽陪在一旁幫她照明，並跟張氏夫妻說話；但是她左手的菊子，眼珠子卻明顯的從中間轉向了它自己的左邊……非常的左，那像是看著某個人或是瞪著……

不對！那是恐懼的眼神！

汪聿芃倏地站起，手電筒往那方向照去，只見到童胤恒的背影，他正撥開樹叢探看著下面的田埂！

「童——」

唰——童胤恒正在觀察，正下方突地一抹影子閃過，嚇得他趕緊以手電筒追索，「誰!?」

這聲「誰」叫得所有人警覺心起，小蛙即刻衝上前，「怎麼回事？」

「有人！我確定有人從下面走過！」童胤恒直覺的眼神搜索汪聿芃，他是看著她的，「身形不像正常人！」

「跟蹤我們的那個嗎？」汪聿芃也立刻趨前，「妮妮跟阿姨不要再待在這裡，到旁邊去！」

「這邊！」康晉翊很快的引領魏思燕母女往來時小路旁去躲，他們應該要遠離這一塊！

「什麼叫跟蹤？什麼時候有人跟蹤我們了？」蔡志友才覺得莫名其妙，他怎麼都不知道這件事。

妮妮不知道發生了什麼事，但孩子感覺到氣氛不對，嚇得抱緊母親的腳，慌張的開始哭泣。

汪聿芃沒有回答大家的問題，逕直朝童胤恒走過去，每個人心底一堆問號，他們從不知誰跟蹤了他們！

「確定是跟蹤我們的？會不會只是附近的人，甚至地主？」簡子芸想的是另一層。

「地主……原地主已經過世很久了，繼承的是他的孩子！」張恩光也跟著慌亂，「但他們不住在這裡，所——」

話說到一半，角落的樹叢裡冷不防衝出了人影，一把打掉了張恩光手上的手電筒！

「哇啊！」

現場一片慌亂，來人只有一般人的一半高，推著張恩光撞向黃慧來，兩老一起踉蹌，鄰近的簡子芸想要伸手阻止他們可能的跌倒，眼睛卻突然一陣刺痛！

「呀——我的眼睛！」沙子迷了雙眼，簡子芸只感到刺痛與睜不開！

那個身影相當詭異，跟球似的衝撞魏思燕，康晉翊擋在前面也立刻被扔了沙子，所有人當即亂成一團，然後魏思燕的手竟被攫住！

「哇！幹什麼!?」魏思燕大叫著，下一秒感受到懷裡的女兒被拖了開──「妮妮！」

「馬的混帳！」小蛙只看到一坨全身黑的東西，正攻擊魏思燕母女，他上前就是一踹。

「吼啊啊啊──」詭異的叫聲從來人喉間傳開，跟著粗魯的直接揮打魏思燕，再揍了妮妮！

「哇啊啊啊──」小女生嚇得尖叫，嚎啕大哭，「菊子──」

妮妮被推到了地上，那身影再撞開蔡志友，往外頭奔去！

「我來！」汪聿芃直接跳過跌倒的人們往外追，手上卻連手電筒都沒拿。

童胤恒跟著衝上前，拿著手電筒爲她照耀前路，對方跑得一點都不慢，幸好他們家汪聿芃是縣內短跑冠軍紀錄保持人！

「小心啊──」後頭傳來康晉翊憂心的聲音，這裡眞的太荒僻了，沒有路燈啊！

汪聿芃留意到那詭異的影子熟門熟路，突然間往右轉就往下跳，汪聿芃跟著跳下，差點滑進水田裡，對方卻輕巧的在田埂上跳躍。

「童子軍！」汪聿芃停下腳步，彎身拾起了石子，同時奪過童胤恒手上的手電筒。

他沒有遲疑的與汪聿芃交換東西，還眞看得起他啊！邊跑邊投籃的嗎？過去籃球校隊的他的確擅長三分球，但這是石子、前面那個東西只有他身高的三分之一吧！

邁開步伐往前直追，靠近馬路邊有了路燈餘光照明，所以身後不需要再照明……他回頭瞥了眼，汪聿芃根本沒在他身後好嗎！她從另一頭繞過去，看來是想要前後包夾那傢伙！

「現在！」童胤恒驀地大吼一聲，使勁拋出了手中的石頭！

咚！石子不偏不倚，正中了對方的身體，但這只是讓對方搖晃兩下而已，不過這慢下的速度已經足夠汪聿芃追上了。

「你們知道你們在做什麼嗎？」怒吼聲傳來，每個字都語焉不詳，接著對方正面衝撞汪聿芃！

冷靜，小靜學姐教過的，不要慌，看準對方的動作與方向——但是教學的場地不是這麼窄的田埂啊！

『**救我——**』尖叫聲瞬間傳進童胤恒的腦子裡，他一秒煞車的彎下腰，頭好痛！

「……菊子在他手上！」童胤恒咬著牙高喊。

看見了！汪聿芃看著衝來的人，心一橫的不閃不躲，雙手直接抓住對方的衣服，一扭身就拽著對方一起往田裡摔去！

「啊啊——」在對方重心不穩、手揚起的瞬間，汪聿芃一把奪下菊子！

噗咚！汪聿芃摔下了冰冷的水裡，對方僅一隻腳打滑的滑進泥裡，但是更快的伸腳一蹬，跳上這田埂邊的水溝斜坡，雙手雙足並用的爬了上去。

汪聿芃看著手裡緊抓著的……雨衣，居然玩金蟬脫殼！

「可惡！」她氣得用力拍著水面，發現自己全身都陷在泥土裡了！

一個轉角、十公尺以外的童胤恒仍舊趴在地上，疼痛褪下的他撐著身子起身，小蛙也跟著趕到。

「沒事吧，外星……」小蛙才把童胤恒扶起，手電筒的光就落在汪聿芃身上，「外星女啊，妳挑現在游泳做什麼？」

「游你的鬼啦，我卡在泥巴裡了！」她嚷嚷著，一點都不想自己爬起來！累！

蔡志友撫著頭也趕到，汪聿芃狼狽的坐在水田裡，看著剛踩著的田埂不過一隻腳板寬，再過去是一條大水溝、水溝旁是小邊坡、連結著大路旁……對方根本是這裡人吧！如此熟悉地形，如此靈巧！

穿著黑色雨衣只不過是爲了掩人耳目，但剛剛他跳上時，她還是看見了那是個人吧？

一個駝背到像顆球的人。

空地那兒一團亂，幾乎人人掛彩，對方的速度很快，先是用沙子分別迷了簡子芸與康晉翊的眼睛，接著又衝撞又拉扯又推倒眾人，大家不是跌傷就是被抓傷，小蛙還被對方扔石子，蔡志友則被敲到額角，連武器是什麼都不清楚。

魏思燕的右手被拉傷，臉硬生生挨了一拳，連小小的妮妮對方也沒放過，小手上是指甲抓傷，四道破皮血痕，還有被推倒的挫傷，現在正可憐兮兮的抱著菊子訴苦。

大家都在就近的醫院就診，其實都不是大傷，但就是需要消毒處理，還有得報警抓攻擊者。

最狼狽的當然非汪聿芃莫屬，她摔進了田裡，簡子芸先想辦法去附近買一套衣服讓她更換。

當地警方簡單做著筆錄，收集妮妮手上抓傷的檢體，但是態度有些敷衍，覺得一點兒小事、東西也沒掉，一副懶得處理的樣子。

「所以都沒有被搶走什麼對吧？」警察不耐煩的問著。

「那是因爲我搶回來了。」汪聿芃顯得很不爽，「但是搶劫就是眞的，也害我們這麼多人受傷！」

「知道知道，不是在辦了嗎？」這口吻一點兒都聽不出積極。

警察們默默抄寫著，但偶爾彼此低聲交談，康晉翊觀察了好一會兒，他總覺得……警察知道那個人是誰。

「來了！」簡子芸匆匆趕回，手裡帶了買好的衣物，「汪聿芃，快去換……警察先生，她可以換衣服了吧？」

「可以了！」

「謝謝！」她無奈的嘆氣，轉身進廁所更衣。

王兆平開著車急匆匆的到醫院來找魏思燕母女，魏思燕驚魂未定，一見到男友當即哭了起來，連妮妮都撲上前喊著叔叔好可怕有怪物，這情景讓王兆平相當不滿。

「不是說只是去看看張曉明失蹤的地方？」他口吻帶著責備，「爲什麼變成這樣？」

「我們也不知道，連對方是什麼都不清楚！也不知道爲什麼會變這樣……」康晉翊身爲社長，大事向來他出面，「發生事情我們很遺憾，但大家都盡量保護彼此，不管是慧來阿姨他們，或是魏姐跟妮妮，我們這邊也是掛了彩。」

王兆平依舊一臉不諒解，這也是人之常情，畢竟女友受了傷，但遷怒倒是多餘，康晉翊維持理智，只要王兆平不要太超過都暫時忍耐……蔡志友也負責壓制小蛙，省得他等等不爽就在這裡踹椅子翻桌了。

黃慧來跟張恩光接受較詳盡的檢查，老人家禁不起摔，但那個怪人下手完全沒在客氣，又推又撞的，兩個老人家不是跌地就是撞樹，沒有骨折已是萬幸。

「張曉明？」其中某位警察突然想到什麼似的驚呼出聲，旋即跟隔壁的同僚私語。

這一幕可沒讓童胤恒錯過，他暗朝蔡志友使眼色，他也注意到了。

緊接著，老夫妻總算步出，手上腳上都見包紮，兩位警察一回頭又是驚色，

「慧來姨啊！」

「啊？」黃慧來驚魂未定，突然面對有人叫喚，卻發了愣，「哎呀，是大柱！」

「慧來姨！真的是您，恩叔！」那警察看上去也是中年人士，看來地緣關係，跟老夫妻是認識的。

「哎呀，好久不見，這麼大了！」黃慧來眼神裡盡是慈藹。

「都老了！」警察拍拍隔壁的年輕學弟，「這我鄰居，慧來姨跟恩叔。」

「唉唉。」兩老微笑著。

這頭汪聿芃換好衣服出來，還是渾身不舒服，因爲衣服換下了但身體還是很髒，她現在很想立刻馬上回家洗澡！簡子芸讓她忍忍，事情結束後就回去了。

「您搬走好些年了，今天怎麼會……這麼晚回來？」警察終於進入正題，邊說一邊回頭看著後方一大票掛彩的人們。

「啊，我們是來……」張恩光說到一半頓住，有點不知該怎麼解釋。

「帶他們來看曉明失蹤的地方。」慧來姨倒是自然，「那些大學生啊，跟那個什麼人面魚有關！」

咦——醫院瞬間凍結，不管是等著掛號的病患還是護理師，全數抬頭瞪大雙眼，個個面露驚恐！

「我們是都市傳說社，社團的學生而已，而已！」康晉翊急忙解釋，他有點受不了現在什麼都提人面魚了。

連兩個警察都張大嘴巴合不起來的回頭看著他們，小蛙發誓他們剛剛的嘴型是在罵髒話。

「慧來姨，曉明的事跟都市傳說有關？」警察立即聯想。

「我們也不知道，是學生說想試著幫我找找看。」慧來姨溫柔的笑著，往前一步再指向一旁角落的妮妮，「看，你記得那個嗎？曉明的娃娃。」

老警察即刻走近妮妮，依然受驚的妮妮見到有大人逼近，立即又嗚哇的哭了起來，躲進媽媽懷裡。

「沒事，叔叔看一下娃娃好嗎？」警察溫聲說著，蹲下來試圖與妮妮一般高。整張小臉埋進魏思燕懷裡的妮妮不敢抬頭，但左手的菊子倒是明顯的抓緊，讓警察瞄一下而已。

「是，是當初留在現場那個。」警察下一秒看向的是康晉翊，「所以是這個嗎？」

「這個應該是那、個，但是不確定與張曉明失蹤有關，我們只是想試著找找看。」康晉翊客氣且低聲的說，「事情其實要從……」

他不想引起注意，附耳在警察旁低語，從張恩光背著慧來姨賣掉菊人形開始。

「所以你們知道今晚攻擊我們的是誰對吧？」下一秒，童胤恒直截了當的問了，「那個人。」

老警察面有難色的瞥了他，「我們還要找，但那個地方沒有監視器，你也知道，這裡算是鄉下地方……」

「你們知道。」蔡志友不耐煩的打斷，「知道張曉明的事、也知道攻擊我們的那個人，只是不想講。」

警察一秒顯露不耐煩，簡子芸很想讓蔡志友客氣點，這種是挑釁啊！

「很多事情知道不代表眞理，凡事是講證據的。你們的證詞只是其中一環，也不是隨便你們說了就算。」老警察果然立刻扳起臉來，「我們會查、會調馬路上的監視器，等確定了那個時間、有你們說的狀況、抓到人後會通知各位。」

慧來姨有些困惑，「怎麼了嗎？你們知道剛剛那個東西是什麼？」

「那是人啦！」汪聿芃補充著，總不會又是都市傳說吧？

「沒事，慧來姨，我們一定會抓到嫌犯再跟您說。」警察一遇到黃慧來就換上另一副笑容，「這麼晚了，要不要我送您回去？」

「不必不必，我有開車來！」大家都是攤商，車子是基本的工具啊。

大家再寒暄數句後便陸續離開，王兆平扶著有點拐到腳的魏思燕走路，妮妮跟在媽媽身邊，柏明不敢下車，就乖乖待在車子裡。

接著警察再扶老夫妻們上車，學生們堅持要轉車回家，不礙事。

「曉明當初失蹤真的一點線索都沒有嗎？」

一送走其他人，康晉翊就問了警察先生們。

老警察遲疑了一會兒，有些不耐又有點勉強的看向他，「三十幾年了，你們期待能找到什麼？當年根本什麼都沒留下，腳印、人證，全部都沒有，就只剩下那個日本娃娃跟玩具。」

「沒有尖叫、沒有掙扎？」童胤恒好奇得很，「當年後方的樹木茂密嗎？我發現要剝開通過，也會有聲響的。」

「沒人聽到，這是重點，而且你們現在看到的那塊已荒蕪，四周都有草叢長起，我小時候啊，邊邊都是矮草，隨便一跳就可以向下跳到田埂。」

「那田埂上呢？」蔡志友再問，「剛剛我們這樣追，田埂上都是我們的腳印，硬土不論，但軟地上……」

老警察一愣，皺著眉用力的回憶，「好像沒記載到這個……曉明失蹤我們都很難過，當警察的第一件事就是調檔案出來看……我只能說，在那個年代，失蹤就是失蹤了，能找得回來是萬幸，但找不回來的……太多了。」

「你們現在在給家屬不必要的希望。」年輕警察並不認可，「而且你們只是……大學生？」

「我們是都市傳說社的大學生。」簡子芸淡淡的說，卻驕傲的抬起頭，「我們只說盡己所能，因爲曉明的那個娃娃確實有問題。」

警察們凝重蹙眉，人面魚事件發生後，他們誰都不敢鐵齒了。

「那個娃娃是阿春嬸賣的，也是個怪人。」老警察搔搔頭，從口袋裡拿出筆記本書寫，「這個問慧來姨也知道，但她人年紀大又受傷，晚上受得驚嚇也不少……就別吵她了。」

老警察唰地撕掉頁張，遞給了康晉翊。

「她老家還有人住，但要不要讓你們進去或是回答你們，就都看對方了，不要讓我接到有人報警說擅闖民宅。」老警察一臉仁至義盡，「我是你們的話，會挑個大白天去。」

這個強調實在太奇怪，聽了令人不舒服。

「是因爲跟蹤我們那個嗎？那你們快點抓到不就好了？」汪聿芃皺著眉抱怨。

「不是，阿春嬤那邊……這兒長大的孩子都知道，大家在外圍偷看，每個都想進去，但就是沒人敢去！」警察像是懷念自己的童年似的，「誰想得到那個娃娃居然是還有人買！」

「可以說具體點嗎？」簡子芸覺得這樣不明不白反而更毛。

「阿春嬤住後面山上，她的屋子超大間的，就算我這一代都知道。」年輕警察拉開車門，「那座鬼娃之城啊，連我也沒進去過！」

……六個學生呆站在原地。

這是哪門子的名字啊？鬼娃之城!?

討人厭的菊子沒有丟掉。

媽媽說有人攻擊他們是爲了搶走菊子，但那個大姐姐幫忙把菊子搶回來了！好雞婆喔！

柏明站在自己的床鋪前，將被子疊好，嘿咻的吃力搬出房間，回到媽媽的房間去。

那個菊子明明一直在看他，而且它之前嘴巴是閉著的，現在張開了一點點，

還微笑了，爲什麼媽媽跟妮妮都沒有注意？

「我會把它丟掉的。」柏明忿忿的說，他已經想好了，妮妮不可能永遠都抱著菊子，他有一天要把它丟進垃圾車裡！

「菊子好髒喔，我要幫妳擦擦。」客廳的妮妮正心疼的看著渾身沾滿泥的娃娃，「還是洗澡呢？」

抓起菊子，要往裡頭走的妮妮突然頓了住，回頭望著娃娃，「妳想待在這裡嗎？好喔，給妳看風景，我去拿毛巾幫妳擦擦！」

說著，妮妮把菊子好整以暇的擱在面對著陽台的沙發上，一個人蹦蹦跳跳的往魏思燕的房間去。

「媽媽，我想要幫菊子擦擦，可以拿我的毛巾嗎？」

柏明一見到妹妹進來，扳起臉轉身就往外面走，跟妮妮擦身而過時，還不忘說了聲：「怪胎！」

「柏明！你在說什麼！」魏思燕也聽見了，「說話不可以這樣！媽媽跟你說過了，菊子可能是另一個小姐姐……」

柏明根本不想聽，跑出了媽媽房間。

「哥哥好討厭！」妮妮委屈的哽咽著。

「唉，叔叔現在在洗澡，等等我們一起洗，再幫菊子洗澡好嗎？」魏思燕只能先安撫女兒，「但是不要忘記妳答應媽媽的，不能跟菊子睡覺喔，菊子只能睡在神明那邊！」

妮妮假裝聽不見的別開眼神，裝傻一流。

「妮妮？」魏思燕捧過她的臉，「看著媽媽的眼睛。」

「好、吧。」妮妮嘴上這麼說，卻一臉失望的模樣。

走出客廳的柏明回房把自己書包整理好後，也要搬去母親房間，走沒兩步卻突然看見他的奧特曼，居然放在陽台的女兒牆頭！

「欸——」他立刻丟下書包，急匆匆的往陽台跑去。

陽台女兒牆高出他一個頭，但是他的寶貝奧特曼就站在上面啊！

「可惡！一定是妮妮！」柏明氣得左顧右盼，在陽台角落找到了小梯子。

那是兩層的梯子，以前爸爸或媽媽擦門的上方、或拿高處物品用的！他現在已經長高了，踩上去絕對可以拿得到奧特曼！

不太會開啓的柏明花了點時間才從梯腳的地方扳開梯子，對準奧特曼的位子擺上去，他好怕風一大，把他的奧特曼吹下樓喔！雖然也才四樓，可是摔下去一定會壞掉的。

「嘿唷！」柏明踩上了梯子，順利的拿到了他的奧特曼。

炎熱的晚上沒什麼風，但是柏明好奇的往樓下看，再看著還有兩階的梯子，他只要握好梯子，應該就沒關係對吧！

抓緊了梯子上的圓弧扶把，調皮的一口氣踩到最上面那階，他幾乎比女兒牆還高了，一腳就可以踩上牆頭了呢！

柏明的身後，有一雙眼睛正凝視著他。

他不知道，菊子坐在那沙發上，用恬靜的面容瞅著他。

「哇……」柏明又開心又興奮又害怕的看著黑夜，享受著這幾秒鐘的高處。

咻咻……身後突然傳來詭異的聲音，柏明隱約的聽見，才要轉頭，啪！

兩股力道分別擊向他的後背──

「哇啊啊──」孩子的叫聲沒有兩秒，緊接著就是令所有人都發寒的碰撞聲，砰！磅！

咦？魏思燕正拉著妮妮刷牙，驚愕的看向聲音的方向……連在廁所剛洗好的王兆平都打開門衝了出來，「什麼聲音!?」

「唉唷！摔下來了啦！」樓下王嬸傳來叫聲，「夭壽喔！報警報警啦！」

「報警……」魏思燕緊張到踉蹌的奔出廁所，那像是柏明的聲音啊！「柏

明？柏明！」

她衝出了客廳，隨著走近與角度的改變，赫然看見陽台上的梯子！

不不不——魏思燕衝到了陽台，趴在牆上往下看，一樓的遮雨棚破了一個洞，下面趴著她該熟悉的身影！

「柏明！呀——」魏思燕尖叫著，瘋狂的拉開門就衝了出去！

王兆平套上T恤不顧濕髮，也慌亂的要追上……啊！不行！他戛然止步，回頭找還在套房廁所裡已被嚇呆的女孩。

「妮妮！到房間去，絕對不能出來！」王兆平催促著，女孩的牙刷還在嘴裡。

「……哥哥？」妮妮不知道發生什麼事，但是她聽見碰的好大一聲。

「哥哥有危險，妳快點進妳房間，絕對絕對不能出來！」王兆平讓她漱了口，推著她往自己房去，「一定要我或媽媽來叫妳，才可以出來知道嗎？」

妮妮噙著淚，她眞的好害怕，今天好多可怕的事！

「菊子！」她進房前沒忘跑到沙發邊，一把抓過了菊子。

「記住喔，出來會有危險！」王兆平急忙的把她推進房，「叔叔等等就上來！」

他想先下去瞭解狀況，他們勢必要立刻去醫院，等等再上來帶妮妮！

急切的關上門，王兆平心急如焚的跟著追下去……腦海中覺得有什麼怪異的情形，但他一時顧不上。

害怕躲回床上的妮妮瑟瑟發抖，把自己跟菊子一起躲在了被子裡。

「不怕，菊子陪我，不怕。」她輕輕撫著菊人形的頭髮……「嗯……菊子，妳頭髮怎麼又長了？」

躺在妮妮手臂上的菊子，有著剎那長出的五十公分長髮。

還有那粉色微啓的櫻唇，悄悄的又上揚了。

第七章 鬼娃之城

全身多處骨折，但幸好樓層不高再加上遮雨棚的緩衝，因此柏明沒有生命危險，但骨折、顱內出血與腦震盪，都必須住院治療；摔下來的男孩手上緊握著奧特曼，警方初步判定孩子是爲了拿玩具，才爬上梯子，因此失足跌落。

王兆平爲此自責不已，他之前就有提過梯子應該收在孩子拿不到之處，但魏思燕認爲柏明怕高，而且自小就告訴他摔下去的嚴重性，他照理說不會這麼做……重點是，爲什麼玩具會在那裡？

魏思燕循循善誘的問著妮妮，是不是因爲跟哥哥吵架，故意把他的機器人放在那邊？

妮妮矢口否認，只是不停的哭，說她想哥哥，想跟哥哥一起玩。

但柏明還未甦醒，顱內的瘀血未清，只能插管躺在病床上，這一瞬間什麼都市傳說或是菊人形都不再重要了，魏思燕也無心再去管這件事，麵攤被迫暫時休息，全心的照顧兒子。

攤商們跟李太太都會去輪番照料，王兆平還需要上班，但妮妮只跟李太太較熟。

社團的大家隔天就來探視柏明，也勸慰魏姐，後面的事情大家會接著做，等等大家就要去找那個什麼鬼娃城的阿嬤……看看菊子是從哪裡來的。

魏思燕哪有這個心思聽他們說這些！她只在乎一件事——柏明的墜樓與娃娃有沒有關係？

童胤恒好不容易跟妮妮借了菊子查看，發現菊人形的雙腳是黏在一起的，並非分開，這樣子要走路都嫌困難，難不成用跳的嗎？

再說高度也不一樣，目前爲止，菊子與柏明墜樓的關聯實在不大。

「想喝水嗎？妮妮？」一旁的李太太問著。

妮妮搖搖頭，又再用小梳子梳菊子頭髮。

「菊子的頭髮又長長了嗎？」

汪聿芃坐在醫院長廊上，挨著妮妮身邊。

「沒有。」

都剪得參差不齊最好是沒有。

汪聿芃沒戳破妮妮的謊言，前天頭髮是她剪的，至少她是剪齊的好嗎！而且長度也不對，比她之前剪的還要長，所以這次是長多長？

昨天在醫院分開前還沒有異狀，接著柏明失足摔下來，菊人形的頭髮無聲無息的長了又短……這之間有必要性的關聯嗎？

「那我們先走了！」康晉翊跟簡子芸同時向魏思燕道別，「我們有消息再跟您說，需要我們幫忙的話……」

「沒關係，阿娟他們會輪流幫我。」魏思燕神情疲憊，走廊上除了李太太外，還有古物攤的阿才跟一些不認識的人，「我現在想知道……」

她越過了簡子芸，看向依然抱著菊人形的妮妮。

「我們明白，我們也是想確定完全沒事，才好安置它。」簡子芸回頭望著妮妮，知道魏思燕的想法。

童胤恒雙手抱胸倚著牆，他也盯著菊人形好一會兒了，他是看不出什麼，但是昨天它被搶走時失控的叫聲，聽了眞的很令人難受。

就是個無助的孩子在哭喊。

「妮妮，最近菊子還有跟妳說什麼嗎？」童胤恒主動出擊，蹲到了妮妮面前。

「哎唷！」李太太不安的搓搓手，「同學，你這樣問很可怕。」

「還有夢到跟菊子一起玩嗎？」童胤恒微笑說著，隨便敷衍過去，「所以菊子堆石頭，跳舞，還有？」

「飛，菊子咻咻……」妮妮抓起娃娃，飛行似的，「笑得好開心，我也跟菊子一起飛。」

汪聿芃有點笑不出來，飛翔代表的是柏明的墜樓嗎？

「妳們飛去哪裡？」汪聿芃好奇的再問，自然的也撥了撥菊人形的前髮。

妮妮放下菊子，開始形容她們去玩的地方，但她說不出地名，但是說那裡很漂亮有好多紅色階梯的房間！

汪聿芃自然的整理菊子衣服，雙眼不客氣的與之對視，來啊，想說什麼？再……嗯？她微蹙眉，菊子笑了？

飛快的拿起手機，再往菊子臉上拍了一張。

「妳在拍什麼？」李太太問著。

「拍菊子啊，我喜歡這種娃娃，大家都知道。」汪聿芃聳肩，自然而然。

「唉呀，阿才那邊好像還有一些……」

「我那天看過了，沒我喜歡的款！」汪聿芃嘿呦的站起，社長他們走來了，「下次我再去挖寶！」

「好好，阿才啊——」李太太熱心的立刻找阿才談話，看來還得找時間去趟二手市集了。

四個人疾步走出醫院，氣氛相當沉重，汪聿芃拿著手機用相片軟體在製作拼圖，同時對照才能看出變化。

「摔得眞的很慘，到現在昏迷不醒，要等顱內血塊清除。」康晉翊怎麼想都不安，「很難說服我是失足。」

「但菊人形是詛咒性娃娃嗎？」簡子芸持反對意見，「那是個連走路都不會走的娃娃。」

「我就覺得這太巧合了。」康晉翊說不上來，怎麼樣都覺得不對勁，「別忘了哥哥很討厭菊人形，說不定這是都市傳說的自我防衛。」

「這樣就太可怕了，菊人形就不是菊人形了。」童胤恒嘴上這麼說，心裡也沒抱持太好的希望，「我剛摸了一下菊子，它好像……長指甲了。」

汪聿芃戛然止步，伸手拉住他，「什麼？指甲？」

「你說眞的假的？」簡子芸也震驚不已，「親眼看見嗎？」

「我指腹擦過它的小手，有指甲感啊，而且是突出的……你來告訴我菊人形有做到這麼眞嗎？」童胤恒看著自己的指腹，殘留的感覺很清楚。

「那我也說，它又笑得更開了。」汪聿芃指指唇，「嘴唇直接開就算了，上揚弧度變了。」

康晉翊扶著頭，「我開始頭疼了……我們快點去找鬼娃城吧！」

特地挑下午去，大家通通跟老師請假，而且理由一致：我們在追查一個都市傳說。

老師全部准假，這是第一次覺得其實身爲「都市傳說社」的一員還不錯耶！

到黃慧來過去住的Q鎭要轉四次車，車程長達兩小時，大家這幾天都是這樣奔波，今天只有他們四位，老人家飽受驚嚇又受傷，而且康晉翊覺得既然已經有線索就不要去煩老人家了。

「蔡志友說要去查資料，小蛙翹不了課。」康晉翊有些憂心，「我覺得蔡志友好像在查額外的事，他對整件事都起疑。」

「這沒什麼不好，他本來就是社團裡的制衡單位。」童胤恒完全支持，「不像我們都是腦粉，只要都市傳說什麼都好。」

蔡志友有跟他提過他的質疑，整件事、每個人，他就說大家都腦粉，目光只放在都市傳說上，他看見的是額外的地方。

「我是眞的蠻想要一隻菊人形的。」汪聿芃突然幽幽出聲，「擺在床頭多可愛啊……」

她又沒坐，貼著另一邊的門看著外頭的陽光與景色，嘴角還泛出淡淡笑容。

「是可愛，但不覺得也很詭異嗎？」簡子芸想起過去差點被做成娃娃的經驗，已經不敢擺人形娃娃很久了。

「同意，尤其對視時……」康晉翊其實到現在也不太敢直視菊子的眼睛，

「我覺得菊人形比外國娃娃更逼眞的是，有種神祕的靈性存在。」

童胤恒聳肩，「基本上不管哪個我都沒興趣——會長頭髮、指甲跟轉眼睛的就更別談了。」

「那是另一種定義的眞娃娃吧！你昨天不是也聽見它害怕的叫聲，我也看到它恐懼的眼神了。」汪聿芃輕笑，帶著一種欣賞，「它一直在變化，妮妮做的夢也越來越多，好像在引導我們前往目的地。」

童胤恒與她遙遙對視，是啊，說不定他們有機會找到失蹤的曉明。

「那麼，妮妮說的豪華房間——」康晉翊跟著朝窗外瞧去，是不是就在未來等待他們呢？

輾轉換車後，他們總算到了山裡，阿春嬤住的果然偏僻，他們全得搭計程車才能抵達。

「我覺得我們應該找贊助商，這樣花錢好凶喔！」康晉翊下車時，深深爲自己的荷包傷心。

「找人贊助我們嗎？」童胤恒努力忍住笑，「我覺得人面魚事件過後，可能

性不太高……」

「哈，要是我就找警方單位啊，國防級的單位有沒有！」汪聿芃說得很開朗，「我們有做第一道防線跟提醒嘛，你看，有效防止菊人形娃娃做亂！」

一旁三個同學看著她輕快的在附近拍照，簡子芸立刻拿出手機登記，她居然覺得這是可行的！

「這贊助超大！」連康晉翊也贊成。

童胤恒不是想潑冷水，但就是覺得沒這麼好康，「我怕弄到裡外不是人！」

「我們社團還缺這種經驗值嗎？」康晉翊得意的笑了起來，兵來將擋、水來土掩啦！

轉過身，大家才認真的看著這一棟小朋友說的鬼娃之城，看起來就是個佔地寬廣的透天厝，還有寬敞的庭院……不過看著圍牆內外的樹的確沒有修整，整棟呈現是黑色或暗灰，即使在今天這種三十八度的天氣，依然透出一股陰森感。

「誰家牆壁會漆黑色的啊？」簡子芸擰起眉也拍了幾張照。

汪聿芃一圈繞完，走回來時直接按了電鈴，速度快到大家措手不及，心理都還沒準備好！

不過也不需要什麼心理準備，他們希望對方在家，不然就得再跑一趟了……

他們不知道還有多少時間可以再跑一趟。

庭院太大，聽不見電鈴聲，但是大家站了一會兒，卻聽見了有人開門的聲音——唰！

「誰？」有個聲音喊著。

「啊抱歉！您好！我們來找阿春嬤！」

「什麼？」那聲音應該是女的，很中性帶著低沉，但是非常的宏亮！「搞什麼啊!?」

呃，還有點凶。

接著大家聽見了腳步聲，相當沉重還帶著不滿，木門一開——一個相當有份量的女人出現在大家眼前。

「她都死多久了！幹嘛的？」女人目測絕對破百，非常的粗鄙，身上穿著的T恤跟褲子陳舊泛黃，完全不修邊幅，頭髮隨意夾了個夾子，散亂的走出來。

不過氣勢逼人，好像再遲一秒她就要問候他們祖宗八代了。

「我們是爲了日本娃娃來的，有一個菊人形從你們這裡賣出，想要知道娃娃的來歷。」汪聿芃倒是從容不迫，直接一個箭步上前，與女人面對面。

女人鼻孔哼了一聲，手上的菸湊近嘴邊，用力吸了口，才咬牙回首，「他馬

的又是娃娃。」

隨風飄來的是她身上的臭味，或是那顆不知道幾天沒洗的油頭，都令人不太舒服。

沒說請進，但門也沒關，看起來應該是可以進去的意思吧！汪聿芃倒沒想這麼多，一腳就踏入，童胤恒緊跟在後，這時那女人把菸隨手往庭院裡一丟，才撂下一句：「最後的關門！」

隨她俐落的扔菸的動作，汪聿芃也不由得順著那完美的拋物線，跟著朝左邊看……去……

大門距離主屋有五公尺的距離，左右兩片全是庭園，雖然從外面就已經看得出沒有在整理與維護，但裡面才是令人咋舌……整片草地乾枯不已，多處都已經只剩黃草，落葉處處，雜亂不堪。

但讓人驚訝的是在草地上的裝飾，那是一顆又一顆的「頭顱」。

有石雕的、也有菊人形的、各國娃娃的頭顱分佈散落在庭院裡，剛關上門的康晉翊差點被掛在門後的另一顆頭嚇到，掩嘴退後。

左右兩邊的草地上滿佈各式各樣的頭顱，甚至連服裝店那種假人模特兒的頭都有。

「哼，該死的娃娃！」女人粗嘎的說著，進入了主屋。

「絕對有人爬上牆偷看過，才會叫這兒鬼娃之城……」康晉翊全身起雞皮疙瘩，「誰會拿這個當裝飾？」

乍看之下，彷彿被一堆人頭看著啊！

「詭異程度不輸收藏家房子裡的真人娃娃……」簡子芸打從心底發毛，偎在康晉翊身邊。

前頭的童胤恒連忙拉住汪聿芃，「我先進去吧。」

這裡感覺太奇怪，外面都這樣了，誰曉得裡面長怎樣？

一如眾人預料，屋子裡也沒多正常，大小各式娃娃遍佈，有大到比人高的在樓梯旁，也有一般的娃娃們，桌上、架子甚至窗台邊。

扣掉娃娃之處的空間堆滿各種雜物，髒亂不堪，東西扔得到處都是，找不到一處淨地，而且還有已經發霉的蛋糕飲料跟可樂就這樣大喇喇擱在桌上，一看就知道年代久遠到令人作噁，整間屋子瀰漫異味。

女人移動著龐大的身軀往二樓走，樓梯都是木製的，一樓樓梯口旁那尊比人高大的娃娃彷彿睥睨著他們。

樓梯向上的牆上也有突出小空間，上頭不意外的擺滿小娃娃，洋娃娃布娃娃擺設品應有盡有，每面牆都有，滿滿的讓人抬頭，就像被盯著。

簡子芸忍不住微顫，她遠離牆邊走著，若是到了跟娃娃們相同高度時，都很怕它們突然打招呼。

樓梯狹窄，女人得側著身走，連平台也全是雜物，即使髒亂複雜，卻也遮掩不掉滿屋的娃娃。

很妙的是，在有娃娃在的區塊間，卻都格外乾淨。

二樓晦暗無光，只有女人沉重的腳步聲。

「娃娃娃娃，我都快被這些娃娃搞瘋了！」女人開始抱怨，「要不是為了錢，我哪管這些娃娃！」

說得眞明白咧。

「所以有個菊人形是從這裡賣掉的嗎？」汪聿芃忙著拿出手機，想遞上前，那女人不怎麼想理睬，繼續朝三樓走。

即將上三樓時，童胤恒留意到氛圍丕變，因爲三樓是徹頭徹尾的日式風格啊！

「哇，和室屋嗎？」連簡子芸都驚呼出聲，整個裝潢風格，全部都是日本風耶！

「而且超乾淨的！」康晉翊忍不住這麼說，對比於樓下的可怕，樓上不說多一塵不染了，甚至還有在焚香啦！

三樓一上樓梯就全是榻榻米，剩一小條木板地連結樓梯，正前方是像茶室的開放式風格，右手邊還有神桌，左邊有另一間全部關上的和式間，紙門透著圖案，是相當講究的紙門。

當然，娃娃更多，而且清一色是菊人形。

女人脫了鞋子，踩上榻榻米，先朝神桌隨便一拜，接著便轉身唰啦地打開了紙門！

這速度太快，所有人都跟不上，他們才剛踩上榻榻米，就見到超華麗的娃娃階梯陣，背後還有金色屏風！

「這是……女兒節嗎？」簡子芸一眼就知，「日本女兒節時會有的裝設，一階又一階的樓梯，各式各樣精美的人形娃娃！」

女兒節，又稱雛祭、人偶節、上巳節、桃花節，爲日本女孩子的節日，是在國曆的三月三日。

這天，父母會爲女兒設置階梯狀的陳列台，由上至下，擺放穿著和服的娃

娃，這種娃娃在日本稱爲雛人形。

眼前絕對是講究的擺數法，最上階金色屛風前的兩尊最爲豪華，分別是穿著衣冠束帶的天皇，及穿著十二單衣的皇后；娃娃方向爲男左女右，正面看是男右女左，一共有七階，總共十五個人形娃娃，還有小型嫁妝用家具及牛車、重箱、轎子等。

七階台階陣兩側也有盆栽，這是最豪華也最完整的擺法！每一尊都比菊子精細太多了！

「這是頂級奢華版的吧？」這麼多尊，看得人眼花撩亂不說，精緻程度絕對要價不菲！

而且紅色階梯？是妮妮剛剛說做夢飛來的地方嗎？

女人乾脆的席地而坐，朝汪聿芃伸手，「哪隻？」

「喔，喔喔！」汪聿芃這才趕緊把菊人形的照片遞上，一送上，女人的表情就變了。

「怎麼？開始了嗎？」她用鼻孔哼氣，整個超不屑的！

大家散落的坐下，很乖的像日本人一樣跪坐，聽起來這位大姐應該知道！

「先請問您是？阿春嬤的？」康晉翊禮貌的先詢問，「我們是大學生，我是

社團的社長。」

「隨便，我不在乎。」女人擺擺手，「我是孫女，阿霞，繼承了死老太婆的遺產，就這個家跟這堆該死的娃娃。」

「妳很不喜歡娃娃厚？」汪聿芃看著眼前的華麗陣容，「但打掃得挺乾淨的。」

「妳以爲我願意啊？哼。」

「剛剛那個菊人形的確是從這裡出去的嗎？」簡子芸趕緊追問，一下面對這麼多菊人形她很不自在！

總覺得被盯著看似的！

「嗯，小春，它不是最美的，甚至可以說最差的吧，看看那頭髮跟衣服，沒資格上這兒。」阿霞冷冷一笑，看向階梯陣，「但它卻是老太婆最寶貝的娃娃，形影不離，睡覺吃飯都帶著它。」

睡覺吃飯都帶著它……話聽得大家心頭發涼，不管是曉明或是妮妮，都有一樣的狀況啊！

「直到很老嗎？」童胤恒狐疑的問著，曉明跟妮妮是小女生就算了，但阿春嬤？

「直到快死的時候！醫生說她剩最後一口氣，她要死在家裡，死在這堆娃娃中——」阿霞突然指著大家坐的地方，「她就在這裡斷氣的。」

啊咧！所有人一聽更是如坐針氈，有必要這麼強調嗎？

「陪伴阿嬤到最後一刻啊……」康晉翊思忖著，「既然這麼珍愛，我以爲會一起——」

「沒，她用燒的，是要陪葬到哪邊去？但我們之前也是這樣想啦。可是她說她會心疼，這麼好的娃娃，要讓它自由，換一個好主人，遺囑裡也交代了要賣掉它，還得挑好人家。」阿霞邊說邊翻白眼，「不能虐待啦，要善待娃娃啦，家中最好不要有男生啦，要眞心喜歡小春的……廢話很多就是了，反正最後賣給山下了——這很久以前的事了捏！」

「是的，後來這個娃娃又被轉手賣掉了。」簡子芸趕緊接口，「他們在二手市集買到後，娃娃……」

「二手市集？」女人突然神情陰鷙，低吼一聲，「他馬的把它賣給二手市集？娃娃完整嗎？」

女人突然咆哮，嚇得大家一愣一愣的。

「很完整……很整齊，現在的主人也對它很好，全部都好！」汪聿芃趕緊滑

了之前在麵攤偷拍的照片，「看，整整齊齊。」

呼……阿霞鬆一口氣，重新放軟身子的坐回去，「當初有講喔，要賣也要賣得好，那不是普通娃娃耶！亂七八糟！」

「呃，對不起，我說句不中聽。」童胤恒一個深呼吸，「基本上當妳賣給黃慧來時，所有權就不是妳的了，妳沒有對娃娃的權利吧？」

「我管他這麼多，反正就是這樣。」阿霞根本不在乎，「你要亂賣，害娃娃受傷，出什麼事我也管不了啦！」

出什麼事……這句話讓大家顫了一下身子，想到躺在醫院的柏明，就覺得渾身發冷。

「會出什麼事？」汪聿芃雙眼熠熠有光，「這個娃娃……它不一樣？」

「長頭髮、長指甲，我從小看阿嬤花半天的時間在跟那個娃娃講話，做這些事。」阿霞看著那堆娃娃，「接著這些娃娃會笑、會眨眼、五官還會跟著變。」

四雙眼睛驚愕的看著阿霞，她怎麼可以雲淡風清的說這些話？

「妳眞的親眼看過嗎？」康晉翊謹慎的問。

只見阿霞眼珠瞟了過來，「你說呢？這裡叫鬼娃城不是沒原因的好嗎！她見過！」

汪聿芃當下往前挪移一大步，指向就在右邊的菊人形，「這邊的也會嗎？最後會說話？還是走路？」

「走路不太行，要看構造，有很多雙腳沒有分開的走不了，想表達意思它們會用倒下的——」

厚咚！阿霞餘音未落，階梯上一尊擺得好好的菊人形就這麼掉了下來。

「哇啊！」這是令人無法忍住尖叫的情況，簡子芸甚至跳了起來。

「那是什麼!?」她第一時間是往外頭跑！

童胤恒才半站起身，汪聿芃直接用「滑」的滑出門口，康晉翊則是一時嚇傻反應不及，還卡在原地。

「唉。」只見阿霞撐起肥胖身軀，從容走到台階前，把娃娃拾撿起來……細心整理它的頭髮與衣著，再好整以暇的擺回去，「就是這樣啊，它應該是想刷存在感啦。」

……這種刷存在感也太可怕了吧！

「刷……」康晉翊都結巴了，「不是風吹或……」

「當然不是，這裡的娃娃一點都不簡單，沒一個簡單的！」阿霞臉上盈滿厭惡，卻只能溫柔的把娃娃放回去，「只能怨我當年就是貪，貪這棟房子、貪遺

產，唯一條件是照顧好屋裡娃娃，聽起來眞他馬的簡單！死老太婆！」

阿霞是衝著娃娃罵，渾身上下散發的都是怒不可遏。

「所有的娃娃都是阿春嬤留下來的嗎？那這種刷存在感是怎樣？」簡子芸嚥了口口水，「難道它們身上都有——」

靈魂？

「阿嬤留下很多錢跟這棟房子，只要好好照顧這些娃娃，遺產就全部給我。」阿霞轉過身，只抽著一邊嘴角冷笑，「大家都知道，就我蠢，想著有這麼多錢可以花，我費盡心思討阿嬤歡心，超級照顧這些娃娃，結果我繼承了，卻一輩子離不開這裡！」

「一輩子……怎麼可能？」

「這些混帳只要不合它們的意就倒下、就生氣，我每天都要梳理它們的頭髮、清理它們的衣服、把它們的環境打掃到一塵不染——我就只要做這些就夠了！」阿霞越說越激動，「我不能出去玩，我不能自由，我要被這些娃娃綁死在這裡！」

女人五官都氣到扭曲了，對面的四個學生瞠目結舌，在她的嘴裡，這間屋子裡每尊娃娃都像都市傳說啊！

「每個都會動嗎？它們除了剛剛那種刷存在感外，還會什麼？」童胤恒試探。

阿霞瞄向了童胤恒，不爽的皺起眉，「你覺得這還不嚴重嗎？要等它們動了我還能活嗎？」

「所以那尊阿春嬤最寶貝的也是嗎？」汪聿芃急忙插話，「它長頭髮、長指甲、它……」

「我阿嬤七十歲了還跟它聊天、吃飯、洗澡，還唸書講新聞給它聽。」阿霞冷冷接口，「她跟小春在一起時紙門都會關著，我只聽見我阿嬤的聲音，但是這一屋子裡的娃娃都這麼邪門，妳要說小春眞的會拿筷子我都信！」

汪聿芃嚥了口口水，「按照它手的構造啊，拿筷子應該是……」

身邊的童胤恒用手掌頂了她一下，現在不是理智的時候！

「娃娃們只要有人照顧它們嗎？打掃乾淨？梳理頭髮跟衣服？」康晉翊已經迅速清理出了關鍵，「它就不會做出任何傷害人的事？」

哼，阿霞太明顯，嗤之以鼻的哼了哼。

「我永遠都不會知道這些娃娃的能耐，因爲我不敢知道。」阿霞眼神流露出悲傷，「不然我大可以離開這裡不是嗎？」

一樣，或許她不知道瑪莉的電話這個都市傳說，或許菊人形也不符合，但是

菊人形有自己的規矩。

汪聿芃看著阿霞那既忿怒、厭世卻又悲傷的神情，她繼承菊人形、照顧養護它們，但不代表她懂它們。

「所以妳根本不知道那個小春是什麼！」簡子芸也聽出來了，「這麼危險的東西，你們怎麼能這樣隨便賣掉？」

「那是阿嬤的遺言！」阿霞忿忿的瞪向簡子芸，「不能把有心的娃娃，束縛在這裡！」

有心的娃娃。

這是說，菊子是有心的嗎？童胤恒完全聽不明白，如果那個菊人形也繼續待在這間屋子裡不就好了？

「那我們可以送回來這裡嗎？」康晉翊亮了雙眼，「把它送回這娃娃的家，它有這麼多夥伴——」

咚——陡然掉落的聲音自他們身後響起，最靠外面的簡子芸嚇得尖叫回首，在佛桌邊的娃娃突然倒地了。

這也是在刷存在感嗎？她還在思考，緊接著叩咚——咚的聲音又從阿霞身邊的階梯上跟著掉下！

一尊又一尊的菊人形直接往前摔地，童胤恒不假思索即刻拉起汪聿芃，這不對勁啊！康晉翊也已踉蹌站起退出了和室外，看著娃娃落地，只有阿霞一個人八風吹不動。

「走！滾出去！」她驀地大吼，「這裡不歡迎你們！」

「走！」童胤恒使勁的拉過康晉翊，他跟副社幾乎都呆掉了，「下樓！汪聿芃！」

汪聿芃即刻衝下樓，幾乎是一手扺扶把一手扺牆，以跳躍的方式往下，樓梯間滿滿的裝飾娃娃陡然掉落在汪聿芃面前，嚇得她差點踩上！

「哇呀——」有一尊娃娃直接掉到簡子芸頭上，她歇斯底里的撥開，墊後的童胤恒忙抓住娃娃，趕緊再放回去，還不忘說聲對不起！

但是當他經過後，那尊娃娃再度往地上摔去。

叩咚、叩咚、叩咚、叩咚、叩咚、叩咚——這不停傳來叩咚的聲響，宛如骨牌一樣的聲音充斥在屋子裡，一隻接著一隻，順著他們經過的路徑落下，還有他們尚未抵達時就先散落在客廳每個角落、所有架子上！

「該自由的娃娃不能再被束縛——」阿霞衝到三樓樓梯邊，朝樓下大吼，「娃娃是有心的！」

「哇啊——」大家忍不住尖叫的邊吼邊衝，終於抵達了一樓，汪聿芃毫不猶豫的直衝屋子大門，推開木門好讓康晉翊他們先通過，她跑得快，不差這幾秒鐘！

而且她要等童胤恒，不讓他落單——「小心左邊！」

童胤恒剛衝下樓梯口的瞬間，在樓梯口邊那幾乎等人高的娃娃突然就朝他倒下了！

喝！童胤恒反應靈敏的直接抵住娃娃的身體，打直手臂就是不讓沉重的娃娃有貼上他身體的機會，這時他會慶幸自己臂力強大，就算沒在打球，也沒有鬆懈過鍛練！

面無表情的娃娃像是瞪著撲向他，讓人更加毛骨悚然，童胤恒還得小心翼翼的把它們放倒，要衝出這間屋子時，還有娃娃從高架子上跳樓自殺般的落下。

「滾！」

阿霞還在吶喊，他們已經衝出了鬼娃之城的大門！關上門前，汪聿芃看見草坪上所有的娃娃頭顱，竟早就全向著主屋，再清一色整齊劃一的看著他們從主屋，一路衝出了大門。

幾乎一刻不敢停留，簡子芸衝出去是直接往來時路狂奔，因爲恐懼效應，康晉翊也是跟著跑，童胤恒邊跑邊要他們等等也根本沒人聽見，自個兒回頭卻沒見到汪聿芃！

汪聿芃手還拉在人家門把上，一動也不動。

「汪聿芃！」童胤恒覺得心好累，回頭拉過她。

「娃娃有心是什麼意思？」她茫然的望向他，「菊子身體裡有心臟嗎？」

在地下美食街的桌邊，妮妮乖巧的吃完飯，坐在那兒玩她的玩具，她最近想幫菊人形換衣服，但是現在哥哥受傷，不能買衣服。

「我可以啦，我就六點再回去就好！我老公會去接孩子！」身邊的李太太正跟其他熱情的朋友說，「晚一點思燕就沒事了，她回去洗澡拿東西，等等就回來。」

「那妮妮交給妳了！」幾個叔伯姨嬸說著，「妮妮，我們走了喔！」

「啊！阿伯阿嬸再見！」妮妮乖巧的揮揮手。

一行人走了出去，李太太看了看時間，她覺得要回病房比較好，「妮妮，我們要不要回哥哥房間去？」

「喔，好！」妮妮聽話的點點頭。

「那妳把玩具收進妳的包包裡好嗎？」李太太趕緊收拾桌上的餐具，幸好妮妮是個非常聽話的孩子。

拿起菊人形移到一邊放下，李太太突然頓了頓。

「給我！」妮妮伸手要菊子。

「好，菊子今天怎麼都坐著？而且菊子聲音怪怪的？」李太太擱在桌上，往菊人形身上敲了敲，叩叩。

妮妮仰頭看著李太太，困惑的抓過菊子，「菊子腳痛，它一直跳舞，說腳很痛，所以不能站。」

「哦，這樣！」李太太應和她，端起拖盤到整理區去。

妮妮看著菊子，輕柔的翻過來看向菊子的腳，菊子一直說腳痛，它想換一雙鞋子……換鞋子啊。

衣服跟鞋子都想換新的耶！妮妮這麼想著，開始試圖幫菊人形脫鞋子。

「好了嗎？妮妮？」李太太回來，卻不見妮妮收拾，「妮妮，妳怎麼都沒收？」

「我想幫菊子換鞋子！」她認眞的扳著腳，「換衣服、換鞋子，我也想要新髮夾！」

「換鞋子啊！」李太太連忙坐下來，「不要這樣，萬一等會兒被妳弄壞……嗯？」

李太太湊近一瞧，看見了鞋子的鬆動。

她即刻出手，協助妮妮扳動菊人形的鞋底，菊人形的鞋子是活動的——剝！一雙連在一起的鞋子拔了下來。

妮妮立刻抓了過去往裡望……菊子的身體裡，是空心的。

第八章
失蹤？他殺？

蔡志友匆匆走出圖書館，朝著機車停車場走去，小蛙從裡面跟著衝出來，不爽的拉住了下樓梯的男孩。

「你到底想幹嘛啊？」小蛙極度不耐煩的嚷著，「莫名其妙的要去找章警官？」

「我不只要去找章警官，我還想回去Q鎮。」蔡志友看來糾結，且有點嚴肅，「我先去警局，回來上下堂課，明天早上我全空堂，我可以衝過去一趟。」

「你是怎樣？我們現在應該是想辦法解決那個菊人形吧！你的目標也太奇怪了吧！」小蛙完全無法接受，「你在懷疑黃慧來夫妻？」

「你就沒想過另一種可能嗎？」蔡志友甩開了小蛙的手，逕直往下走。

「……哪種？」

「張曉明一定是失蹤嗎？」

黃慧來夫妻雖然帶著傷，但還是到醫院去探望柏明，男孩依然昏迷不醒，他們到的時候，病房裡是王兆平留守，魏思燕回家收拾物品及吃飯，而妮妮已在沙發上睡去。

「好好的怎麼會這樣？」張恩光看著裹著石膏到處是傷的男孩，「昨天晚上還活蹦亂跳的？」

「是我不好，我不該把梯子放在那裡……」王兆平依舊自責。

「唉，男孩子皮的時候，你藏起來他都找得到！」黃慧來安慰他，「我說啊，如果屋子是自己的，考慮加裝一下鐵窗吧比較實在！」

「是，我跟思燕也在商量，之前其實是因爲覺得兩個孩子根本搆不到……我們也不明白，爲什麼柏明會爬到那麼高去撿玩具？」或是說，爲什麼奥特曼會在那裡？

柏明摔下時小手裡緊握的奥特曼也支離破碎，王兆平正努力的要把它黏起來，陪伴在柏明床頭，就希望他快快醒來。

「你也難得，你們才交往沒多久，對這兩個孩子眞好。」張恩光詫異的是這個，攤商間八卦也多，都在說魏思燕丈夫出事沒多久就跟男人同居的事。

人面魚事件其實才過沒兩個月，這速度眞的很快，大家不禁在說是不是之前就已經……但現在她一個女人帶兩個孩子，男友能幫忙，說到底也不關大家的事，不過難以避免成爲茶餘飯後的談資。

「我兩個孩子都淨灘時走了，我想我是把他們都當我的孩子了！」王兆平也不避誨自己的過去，「但不是替代品，柏明與妮妮跟我的孩子完全不同，我就是純粹的喜歡他們。」

「所以說你難得。」黃慧來是持正面態度，這什麼時代了?人都走了，難道要魏思燕守一輩子寡，換一座不能吃的貞節牌坊嗎?

回身看向沉睡的妮妮，女孩獨自在小沙發上熟睡，一臉與世無爭;黃慧來彎身將被子蓋妥，覺得病房空調有點強的協助調整。

「妮妮一直待在醫院也不好，小孩子抵抗力差，這裡病毒多。」張恩光在那邊跟王兆平說著，「是不是找不到人顧?」

「沒有，大家都很幫忙，阿娟還幫到剛剛呢。」王兆平嘆口氣，「是我們想說可以的，還是自己來……」

那兒在低語著，黃慧來蹲下身看著小女孩可愛的睡臉，然後眼神移到了擱在一旁小桌上的菊人形。

菊子一如往常，用深邃的眼看著世界，微啓粉唇的微笑著。

黃慧來當下倒抽一口氣，直接跌坐在地!老公嚇得轉頭，急忙上前攙扶，「妳怎麼了?沒坐好嗎?」

只見黃慧來渾身顫抖，舉起抖得更嚴重的手指，指向了小桌上的菊人形。

「怎麼了？」這氣氛詭異得讓王兆平也上前，直接將黃慧來拉起，「沒事吧？有跌傷嗎？」

老人家身上都還帶著傷，怎麼又摔了？

黃慧來緊抓著老公，緊張得說不出話，兩片唇上下打顫，拼命的指著菊人形。

「到底……」張恩光回頭，一見到菊子，也跟著怔了。

「菊子怎麼了嗎？」王兆平自然看得出老人家的意思，上前直接拿起菊人形，「是頭髮又長了還是？」

正說著時，菊子的指甲刮過了他的手背，這讓王兆平非常狐疑的抓起菊子的小手瞧著，這小手上面居然眞的有……這片狀物從塑膠裡生長，是指甲嗎？

「那不是菊子，啊啊……」張恩光看著娃娃激動不已，蹣跚的走來，「這模樣是……好像我們家曉明啊！」

咦？王兆平大吃一驚，趕緊抓著菊子端詳，說實在的，他之前根本沒有注意菊子的外貌，也不可能記得！

照片！原本想拿出手機找尋，但發現他都是拍孩子，沒有特地拍這個娃娃的模樣啊！有妮妮在笑、在吃飯，跟柏明一起吃綿花糖的爭吵，就算眞有拍到菊子也不是正面。

他想起汪聿芃，那群大學生幾乎都有特地拍下菊子！

「這是曉明！」黃慧來突然哽咽的巴住王兆平，「那眞的是我家曉明的臉，那個是曉明啊！」

「呃……」王兆平一時爲難，他不記得菊子本來長怎樣啊，他們現在說像他們女兒就像了？

「我不知道……」他不知道該怎麼辦。

「對啊，好像……眞的……」張恩光忘情的想接過菊子，王兆平在交出去的前一瞬間即時收手。

這是他們家的東西吧！雖然兩老很可憐，現在這老淚縱橫的，但也不代表可以拿走他們的東西啊！

「你看，這是我家曉明！」黃慧來已經拿出三十二年未離身的照片，「王先生，您仔細瞧瞧。」

王兆平很是遲疑，但還是將照片與菊子一比對，第一時間他就傻了，雖說菊子是日本娃娃，有基本的制式娃娃樣貌，但乍看眞的與黃慧來的女兒有七分神似啊！

「這一定是曉明在呼喚，它想回來。」黃慧來求著王兆平，「把曉明還給我好嗎？」

說著，黃慧來竟然就這樣跪下了。

「不不，慧來姐，您這樣我受不起！」王兆平急忙的想把她扶起，「妳別這樣啊！」

「我求你，我求求你啊……那真的是我的！」黃慧來簡直是行大禮般的叩首，張恩光在一旁鼻子酸楚湧上，他是不是真的不該把娃娃賣掉？

不！賣掉後慧來雖說消沉了一陣子，但還是重新振作；現在娃娃重新出現，她反而比之前更加魂不守舍了！

門陡然一開，魏思燕驚愕的站在門口，「這是在做什麼？」

王兆平看見情人來簡直想喊萬歲，救星到了！

「思燕啊，妳看妳快看，妳們家菊子的臉變得跟我家曉明一樣了！」黃慧來竟跪著爬過去，手指夾著照片，顫抖不已，嚇得魏思燕呆站在原地。

「慧來姐，您別這樣啊！」魏思燕忙把東西放下，抽過照片後再硬拉黃慧來起身，「坐坐，有話好好說啊！」

王兆平趕緊上前，把菊子往魏思燕眼前一擱，都還沒拿起曉明的照片比對，魏思燕即刻一顫身子——這是誰？

「這娃娃……」她下一秒朝妮妮身邊看去，「菊子呢？」

魏思燕的反應讓王兆平腳底發涼，「這就是……菊子！」

不是！

魏思燕倒抽一口氣，瞠目的看著男人手上掐著的日本娃娃，這怎麼會是菊子？菊子才不是長這個樣子！別說眼睛嘴巴都不同了，連表情也不一樣，眼睛變小不說，爲什麼還微彎？嘴巴比以前的大了點還勾著笑意？

五官的距離都不是原來的模樣了！

「爲什麼……」魏思燕拿過菊子反覆查看，衣服頭髮髮飾全部都是菊子，但是那模樣明明就不是啊！「這是怎麼回事？」

「是曉明，我家曉明。」黃慧來驀地攀住魏思燕的左手肘站起，「妳看一下，那是曉明。」

什麼？魏思燕這才看見她右手裡捏的照片，照片已經泛黃陳舊，但還是可以看見照片裡的小女孩……梳著雙辮，俏皮的翹起一隻腳笑著。

雖然娃娃與眞人還是有差距，但是眞的有八分像。

「你確定這是菊子？」魏思燕不安的再問了男友一次。

「妮妮會讓菊子離開她身邊嗎？」王兆平無奈極了。

對，不會……但是……魏思燕看著菊子全身發冷，菊子自己在改變外貌嗎？它變得越來越像黃慧來當年失蹤的女兒？這代表什麼意思!?

「先……先請回吧。」魏思燕突地捏緊菊子，「時間不早了，謝謝你們來看柏明。」

「啊啊，那是我的孩子！」黃慧來哭了起來，「我求求妳，妳知道那娃娃對我有多重要，現在它越來越像我的孩子，妳知道它是曉明，不是菊子啊！」

「它是菊子！」沙發上被吵醒的女孩望著大家，蹙緊眉頭嗚咽，「你們在做什麼？」

「沒事沒事！」魏思燕旋過腳跟往妮妮身邊去，朝王兆平扔了一記眼神。

張恩光想追著魏思燕往前，王兆平趕緊橫在他們中間，「眞的，時候晚了，我們也都要休息了。」

「王先生，我的……」老人家都要泣不成聲了。

「我很同情你們，我也很能理解痛失孩子的心理，但……」王兆平用溫和卻極堅定的口吻說著，「那是我們買的、是妮妮的東西，除非妮妮願意放手，否則你們不能硬搶。」

邊說，他用成人壯碩體型的優勢把兩老逼出了病房。

「我們沒想搶……」張恩光萬分委曲，「我老婆就是想要回……都怪我，我爲什麼當初要賣掉！」

「這些都不重要了。」王兆平挪著身子到走廊上，反手關上門，「妮妮很喜歡菊子，那也是我買給她的，我覺得那娃娃不對勁，思燕也是，但我們不能硬把它拿走。」

其實最主要是因爲……思燕怕娃娃報復，而他覺得慧來姐都能持有三十二年了，還能有什麼事！而且依照菊人形的都市傳說，上頭只是一個女孩子對娃娃的喜愛與思念。

雖然，他希望快點拿去寺廟供奉，讓張曉明也能安息是最好的。

黃慧來抿著發顫的唇點點頭，難受心酸的在老公的扶持下離去，看著兩老傷心的背影，王兆平也很難受，只是沒有處理好之前，把菊人形給兩位老人家並不妥。

那群大學生在處理，就讓他們試……只是菊子的臉突然變化，這不是幾乎等於那個叫張曉明的女孩，已經不在人世了。

還沒進去，房門又開了，魏思燕滿臉愁容的走出來，正忙著傳訊息。

「給那些學生嗎？」

「當然……菊子下午的臉是那樣嗎？我都不知道了！」魏思燕難受的扶額，「我甚至不知道它什麼時候變的。」

「拍給康晉翊看吧。」

魏思燕一怔，恐懼的搖頭，「我不敢直接拍娃娃啊！」

「唉，好吧！跟他們說菊子的臉變了。」王兆平也會怕，他摟著情人希望能給她一些安慰，「不過在都市傳說裡，那個娃娃後來的確開始變得有點像那位病逝的女孩。」

魏思燕含著悲傷的眼神抬頭，是啊，所以曉明她……

「我在想變化的原因是什麼？是它想回父母身邊嗎？」魏思燕呼吸略微急促，「妳知道現在妮妮連讓我收進盒子都不願意，她怕我把菊子送給慧來姐。」

「好好，等她睡著了，我再把菊子放進盒子裡。」盒子在家裡，到醫院時自然沒帶著。

「好，你先帶妮妮回去吧，我來顧柏明。」踮起腳尖親吻王兆平的臉頰，「謝謝，還好有你。」

「沒事的，都會過去的。」王兆平緊緊回擁著情人，一切都會過去的，不過就是個娃娃嘛。

回到病房後，王兆平整理好東西便抱起妮妮離開，熟睡的妮妮手裡依然抱著菊子，嘴角甜笑著，像是在做著什麼美夢……又是跟菊子在一起嗎？晚上又說她跟菊子一起堆石頭，許了什麼願呢！

送他們離開後，魏思燕回到病房，跟柏明說了幾句話後，便坐到一旁憂心忡忡的傳著訊息；菊子長了頭髮，今天她發現也開始在長指甲，但這都不如它的臉變成張曉明來得驚人。

而令她更不安的是，學生們說今天要去找菊子的前任主人，爲什麼至今沒有消息？

蔡志友一個人默默的坐在桌旁吃便當，手機架在一旁沒閒過，他不停的在找資料，卻因爲年代過久而難以齊全。

他安靜的待在警局的角落，等待章警官的支援，桌上的筆記本記錄了他靈光乍現的想法，他眞的覺得大家都太腦粉了，根本只想看菊子長頭髮的瞬間，滿腦子想的都是都市傳說，就沒有覺得哪邊怪怪的嗎？

「靠！你還眞的待在這裡！」不客氣的聲音自背後響起，蔡志友不回頭就劃滿笑容。

跟著一杯飲料擱在左手邊，還有一袋東山鴨頭。

小蛙穿著外送制服，一臉沒好氣的看著他。

「我等資料，章警官要幫我調，我希望越早知道越好。」他挑了挑眉，「上班嗎？」

「對啊，外送到附近順便過來看一下。」他瞄向蔡志友手下的本子，「好啦，到底要查什麼？爲什麼你會覺得跟黃慧來有關？」

「我不是肯定的，我只是覺得爲什麼沒有人想到人類的問題？」蔡志友用腳挪開身邊的椅子，「坐個五分鐘行吧？」

小蛙立即拉開椅子坐下，「你現在是說，張曉明是被她爸媽……」

「我只是猜測！」蔡志友把本子移到他面前，「你看，失蹤時只有張曉明一個人，說有很多孩子在玩卻都沒在她那個角落；跟黃慧來聊天的鄰居視角也看不見張曉明，只說黃慧來突然喚了曉明沒得到回應就跑進去看，接著她淒厲呼喚孩子的名字，所有鄰里聽見就出動了。」

本子上的框框寫著黃慧來，四周卻是空白與問號。

「接著就是大家腳步紛沓，破壞了現場可能的腳印跡證，也有很多人跳下田埂，田埂上也全是人的腳印。」小蛙順著蔡志友的筆記本圖案看著，田埂畫了×，現場也是個大×，「然後？就這樣？」

「對，就這樣，所以沒有人找得到張曉明。」蔡志友挑了挑眉，「換句話說，也根本沒人親眼看見張曉明被綁走了。」

小蛙一頓，「但是……」

「如果一開始就沒有人在那邊玩呢？只擺放娃娃跟玩具，黃慧來假裝跟鄰居聊天，就說曉明在裡面玩啊、不喜歡別人吵她？算算時間刻意叫喚，不存在的人自然不會有回應——」蔡志友一彈指，「然後一位憂心的母親去查看，再發出驚恐慘叫，大家都會衝來，拜託大家找她的孩子，then？」

小蛙看著他，一臉恍然大悟，然後，「你心也太黑，那是媽媽耶！」

「現在把小孩打死或扔掉的也都是媽媽啊！你在意外什麼？」蔡志友根本不以爲然，「張恩光知不知情就不好說，因爲話都黃慧來在講！」

「哎呀，三十多年前，民風純樸很多吧！那時沒有動不動在殺自己小孩的啦！」小蛙嘖了一聲，「不過你說的在理，所以你在等什麼？」

「我想知道當年筆錄的資料，鄰居到底有沒有聽過或親眼看過張曉明在那

邊。」蔡志友雙眼熠熠有光，「還有張曉明的失蹤，他們夫妻有沒有得到什麼意外的好處。」

「你這世界太黑暗了。」小蛙仔細看著他本子上的線索。老實說……蔡志友說得還真不無道理，他們都沒有想到，如果張曉明根本是被殺掉呢？「沒有監視器，找不到綁架犯，也沒有電話勒索……」

「而且我們昨天就在那個現場，發生事情是白天，跳到田埂後到馬路上，完全看見人影需要幾分鐘。」蔡志友下面又畫了兩個人，「力氣再大，除非張曉明第一時間就昏迷了，否則被抱走她會叫會掙扎，歹徒要抱著一個十六、七公斤的小女生，從一公尺高的落差跳下田埂，都沒有跡象？」

怎麼想他都覺得不合理，除非三十二年前的田埂有一個腳踏車道那麼寬。

「咦？小蛙也來了！」章警官不知何時走回，「我就說外面怎麼有熟悉的外送車。」

「嘿！章警官！」小蛙很識時務，立即送上一碗食物，「豆花甜點。」

「這麼客氣！」章警官瞇起眼，「如果都不要來找我就更好了！」

呵呵呵，兩個男孩只能傻笑蒙混，當然有事一定要麻煩一下人民的褓姆嘛！章警官也知道，只能嘆氣，誰叫小靜多有交代，還是照顧一下她的學弟妹。

「我簡短說了，當年的筆錄沒有提及是否眞的看到張曉明，鄰居就是說她跟黃慧來聊天，大家的孩子都在附近玩，過了一會兒黃慧來呼喚女兒沒反應，焦急走進去看後沒幾秒就尖叫了。」章警官翻著手上的資料，臉色有點凝重，「至於你提到的……利益，黃慧來娘家不錯，有錢人家，那時保險業剛開始，她的表姐剛做保險，所以人情保了兩百萬。」

「三十二年前的兩百萬。」蔡志友哇了聲，這幾十年不愁吃穿了吧！

「但這都不能證明什麼的。」章警官再三警告，「你的懷疑支撐點不夠。」

「我知道……」蔡志友默默深呼吸，「卻不會有人去問是不是眞的見到張曉明……如果，那個鄰居現在還在嗎？」

章警官一臉我早知道的臉，扯著嘴角搖頭，「在，但已經搬離原住所了。」

「搬到……」連小蛙都試探起來。

「那個鄰居有一手好廚藝，當時在附近的攤子遠近馳名，後來城市變遷，總是要換地方擺攤才賺錢。」章警官嘆了口氣，說得像在聊天。

「那她拿手的東西是？」

「煎餃。」章警官打開豆花，「聽說也搬不遠，就在隔壁而已！」

P鎭？小蛙即刻查詢，「報紙當年沒寫名字啊！」

「有名煎餃沒幾間，敢在招牌寫四十年老店的可能就那麼一間……」章警官把資訊全說了。

「懂！我超想吃的！」蔡志友認眞的朝章警官鞠躬！「謝謝介紹！」

可以再誇張一點！章警官搖了搖頭，「頭髮還在化驗，有結果會告訴你們！」

他還在說，兩個學生已經收拾了桌上的東西，火速衝離警局，「章警官再見！」

章警官拿起湯匙，目送活蹦亂跳的身影離去，是說煎餃賣白天的，他們晚上八點是在急什麼？年輕人喔，終究是年輕人啊！

娃娃有心。

這句話讓汪聿芃完全陷入沉思，爲什麼阿霞不說有靈性、有靈魂、有意識，偏偏用了「有心」這個詞？

「妳會不會太執著了？」

終於來到汪聿芃夢寐以求的披薩店，她竟食不下嚥的分神，一片披薩啃完邊邊一圈了，餡料硬是沒咬到一口。

「有心，有心，這句話在中文裡博大精深耶！」汪聿芃嘟起嘴，「最白話就是有心臟，但也可以說有心意，或是有心機……」

「我在意的是在這之前，甚至該說這個菊子已經超過一百年了！它在更早之前就會說話會動，跟張曉明或是妮妮都沒有關係。」康晉翊做了個年代表，阿春嬤持有菊人形七十年、黃慧來三十二年，這至少是一百歲啊！

「但魏姐說菊子的臉變成張曉明的臉要怎麼講？」童胤恒想到胃就悶，「以現在看就可能張曉明出事，附在菊人形身上……但是在阿春嬤那裡時頭髮也會留長！那個時候張曉明都還沒出生咧！」

「這也推翻了之前汪聿芃認爲，娃娃會不會需要時間練等的說法。」康晉翊一口塞下薄皮披薩，「唉！」

「這娃娃到底是什麼來歷？我們應該問阿春嬤之前是怎麼拿到的！」簡子芸說完又推翻，「但問了又有什麼用！」

「但是阿霞只說菊人形長頭髮跟指甲的事，說話吃飯什麼的都是紙門關起來，也只聽到阿春嬤單方的聲音不是嗎？」汪聿芃可沒記錯，「所以會不會動的不好說。」

「長頭髮跟指甲已經跟現在一樣了。」童胤恒提醒著，「換句話說，菊人形可能一直都有這個本事。」

「有個關鍵啓動它嗎？」汪聿芃若有所思，「就像『你是誰』，要有人天才的挑戰，才會出現……」

「這很難講……」簡子芸看著手機裡的對比照片，那是汪聿芃早上在醫院拍的，「這張照片已經看得出臉在變化了，但才不到十二小時，就能完全變成另一張臉也太可怕。」

「契機啊……」汪聿芃仍舊陷在娃娃有心這句話裡。

訊息傳來，是剛離開警局的蔡志友與小蛙，問他們在哪裡，順便報告了今天調查進度，大家紛紛點開來看，越看眉頭皺得越緊。

「他懷疑黃慧來？」童胤恒簡直不敢相信，「那個老人家？」

「三十二年前她還不是……」簡子芸心底有些發寒，「蔡志友怎麼會想到這個的？」

康晉翊思忖著，不得不說有理耶！「喂，他想的沒有問題，懷疑的點都很正確！如果張曉明早就被解決掉……」

汪聿芃瞄了過來，「娃娃本身就代表骨灰嗎？」

對面的康晉翊與簡子芸吃驚的看著她，這什麼意思？她左手邊的童胤恒則暗暗啊了聲，手臂上汗毛直豎。

「這樣想很糟耶！如果用蔡志友的論點去想，配上都市傳說——」童胤恒深吸了一口氣，壓低聲音，「娃娃說不定就是證據，所以慧來姨才那麼顧著那隻娃娃整整三十二年。」

娃娃象徵著骨灰，說不定娃娃裡藏著殺女的證據，張恩光或許不知情，因此當他賣掉娃娃時，黃慧來才會如此激動。

「這有點令人驚訝！」簡子芸喃喃說著，但觀念一變，很多事的角度就變得很可怕。

例如黃慧來的可憐是故作姿態，苦苦哀求是爲了想奪回證據，之前對她的憐憫之情都快一掃而空了。

不！簡子芸甩了甩頭，「天啊！我因爲一句話，就開始對黃慧來反感了。」

「怎麼了？」康晉翊嚇了一跳。

「我現在覺得她的可憐都是假的，每一字每一句每個動作都有目的！」她哀愁的看著康晉翊，「人心怎麼這麼脆弱？」

「本來就很脆弱啊。」汪聿芃不以爲意的接口，「但就是這樣才有趣嘛！」

簡子芸緊皺眉，「我不覺得有趣！」

「是啊，換個角度，看的世界就不同了，世界才多采多姿。」康晉翊輕聲安撫著，「所以我們的視野要乾淨，想法要中立，才能明辨事情。」

簡子芸只是厭惡輕易改變想法的自己。

童胤恒也開始從蔡志友的角度重新審視著一切，再加上今天去阿春嬤家的遭遇，還有妮妮與菊子的交好，重覆的做夢……

「總不會因爲終於離開了黃慧來的身邊，菊人形才開始變化吧？」童胤恒也覺得這想法很糟，「就像也有傳說說過，有的死者是會懼怕凶手的戾氣！」

汪聿芃雙眼一亮，「所以好不容易離開了，就想快點表示自己的境遇，用異狀引人注意！」

從長頭髮開始，每一個跡象都是讓人去留意到這尊娃娃有問題！

「柏明的墜樓也是它幹的嗎？」簡子芸不能苟同這點，「孩子無辜。」

「這很難說，但他墜樓那天，菊子的頭髮長長了，妮妮刻意剪掉想遮掩。」

汪聿芃彈指，「同一天晚上的事，在Q鎮醫院分手時菊子的頭髮還好好的。」

無緣無故長頭髮，妮妮還刻意剪掉？這點很匪夷所思。

「不會走要怎麼傷害柏明？這個不合邏輯。」童胤恒持相反意見，「而且對柏明下手也太怪。」

「等等等等——」康晉翊連忙打斷大家的討論，「如果是這樣的話——那她直接拿走菊子不就好了？」

「這就太明目張膽了啦，康社長！」簡子芸沒好氣的唸著，「是想讓全世界知道它有問題嗎？」

「而且妮妮會抓狂！」童胤恒沉吟道，「說不定娃娃有某種催眠，讓妮妮捨不得離開它，也是種自保。」

汪聿芃大口吸著可樂，吸管在空杯裡發出蘇嚕嚕的聲響。

「所以，」她挑了挑眉，「如果把妮妮一起帶走呢？」

第九章 崩潰的母親

女人腳步蹣跚，扶著醫院走廊的欄杆，一步步的走向地下室的美食街，用餐時間這裡非常熱鬧，除了有病人家屬外，也有行動較自由的病人在這兒用餐。

她手上拎著小包包，一進餐廳就看見了妮妮、李太太與熟識的攤商們。

妮妮坐在中間的大桌上，跟阿娟、大魚他們在一起嘻笑，都是攤商，今兒個又幾撥人過來看柏明。

「今天老師教了什麼？」李太太剝著橘子，「菊子喜不喜歡吃橘子呢？」

「呵呵呵，是唸菊子，不是橘子啦！」妮妮咯咯笑著，伸手拿了一瓣橘子。

「都一樣啊，唸起來差不多呢！」對面的大魚是賣素菜的，很違和的名字，「菊子橘子！」

「就不一樣！」妮妮被逗得很開心，笑個不停。

「好，不一樣，那妳要吃飯！不挑食才能跟菊子一樣漂亮！」大魚老婆也鼓勵著，「菊子的頭髮烏黑亮麗啊！」

「我也是！」妮妮認眞的坐正，抓起湯匙繼續吃飯。

「今天怎麼沒有帶菊子出來啊？」大魚好奇極了，不是焦不離孟嗎？

一提到這件事，妮妮嘴就噘得老高，「媽媽說不可以！」湯匙用力敲著碗底，很不滿哪！

李太太使著眼色，少提這件事，妮妮才鬧了一上午呢！

「呃，妮妮眞的很乖耶，我家小魚要是能有一半……」大魚才要轉移話題，突然瞄見黃慧來嚇了一跳，「慧來姐！」

咦？大家不約而同的望去，李太太也有點驚訝，「您怎麼來了？來，坐坐！」

黃慧來微笑著，將手裡袋子擱在桌上，「沒事就過來看看，順便買點東西給妮妮吃。」

妮妮好奇的看著袋子裡的東西，整個人都跪上了椅子，「是什麼？」

「好吃的蛋糕喔！」黃慧來笑著，「慧來嬤買了很多口味呢！」

「哇……」妮妮站了起來，看著袋子裡繽紛的杯子蛋糕，眼睛都亮了。

「哇，好棒喔！有沒有謝謝慧來嬤？」李太太機會教育，「但我們要吃飽才可以吃點心喔！」

「謝謝慧來嬤！」妮妮立即賣乖的道謝，「阿嬤坐！」

小小的身體坐下來，還拍拍旁邊讓她坐。

「哇，妮妮今天也太乖，前兩天不是還很討厭慧來嬤？」大魚記得可清楚了，因爲妮妮總是抱著娃娃，說慧來姐會搶她東西。

黃慧來尷尬笑著，還是挨著妮妮坐下。

「菊子它沒關係。」妮妮說得煞有其事，「而且昨天慧來嬤跟我們一起玩。」

有嗎？連黃慧來都很錯愕。昨天他們到醫院時，妮妮已經睡著了啊！

「慧來姐昨天有來醫院嗎？」李太太很詫異，「我六點多走的，那時王先生剛到……」

「我七點多來的，聽說柏明出事自然得過來。」黃慧來慈眉善目的看著妮妮，「不過阿嬤來的時候，妮妮在睡覺耶！」

「我夢到阿嬤陪我跟菊子玩，還幫菊子找東西。」妮妮大口塞入飯，「但是我們一直找都找不到！」

夢到她嗎？黃慧來暗自竊喜，這是天意，這一定是天意！

「找什麼呢？」大魚老婆好奇的問。

「菊子的心。」妮妮又塞了口飯，李太太連忙制止，她不能因為想快點吃完就硬塞啊。

「妳不能這樣吃，會噎到的，慢慢吃！」李太太為她拾掉下巴的飯粒，「妳剛說誰的心？」

「菊子的心不見了，可能掉在石頭那邊，所以阿嬤幫我們找。」妮妮說得跟

眞的一樣，「但就是找不到，菊子哭得好傷心喔！」

「這樣啊……」黃慧來心疼的看著菊子，「好可憐，慧來嬤下次一定幫妳找到。」

「好有趣喔，妳每天都夢到跟菊子玩嗎？」大魚其實覺得有點扯，「可以每天都夢到同樣的人不容易耶！」

妮妮笑開了顏，「可是每天菊子都很開心喔！」

「菊子的心是怎麼回事？心臟嗎？」李太太餵了妮妮最後一口飯，幫她把嘴巴擦乾淨。

「嗯……」妮妮還眞的點頭，「好難找！」

呃……大魚夫妻面面相覷，夢嘛，就不要計較太多了！而且孩子童言童語的，根本不知道眞假。

「抱歉，我們差不多要先走了喔！」大魚夫妻順勢起身，「我們還要去黃昏市場。」

「沒問題！」李太太趕緊揮揮手，「去吧！沒事的，思燕也只是休息一下，等會兒就來接妮妮了。」

「小心啊，生意興隆！」黃慧來也不忘祝福。

「謝了謝了！」大魚夫妻端著餐盤離開，妮妮也一直揮手道別。

李太太收拾著桌上的餐具，問黃慧來吃過了沒？她點點頭說吃過了，眞的就是順道來看柏明的。

李太太苦笑著，她當然知道慧來姐是捨不下菊人形……唉，但現在情況棘手，東西被王先生買下了，他們也沒有要還慧來姐的意思啊！

瞧妮妮這麼寶貝，總不好硬要她讓吧？

「那可以吃蛋糕了嗎？」妮妮抬頭問著，她好想吃喔！

「可以啊！」黃慧來把蛋糕挪過來，「啊，不過蛋糕要用手拿，我們洗個手吧。」

「吃飯前才洗過呢！」李太太查看了一下，「應該沒弄髒吧！」

「但這桌子不乾淨，她剛又爬上去了，手往椅子也摸了不少！」黃慧來站起身來，「我們去洗手好嗎？洗乾淨再吃蛋糕，比較不會生病。」

妮妮用力點了頭，眼神渴望著瞄向某個攤位，「我想要……」

「好，想喝果汁，阿姨去買。」李太太回身張望，「那我去買點喝的，再麻煩您帶她去洗手了。」

「好。」黃慧來環顧一圈攤位，「麻煩妳幫我買杯五穀飲好嗎？」

「沒問題啊！」李太太端起托盤，先朝著回收區走去，黃慧來則牽起妮妮的手，一道兒往洗手間去。

飲料攤與洗手間是相反方向，黃慧來牽著妮妮走近洗手間時，回頭瞥了李太太一眼，她還在分類丟棄餐盤，沒時間顧及她們。

「妮妮，慧來嬸知道菊子的心在哪裡。」黃慧來搖了搖妮妮的手。

「真的嗎？」小女孩亮了眼。

「是啊，而且那邊好多粉紅豬的餅乾跟蛋糕。」黃慧來微笑著看著孩子，「慧來嬸也幫菊子準備了呢！」

「在哪裡？」妮妮開心的笑開顏，急著回頭，「跟阿……」

「別吵阿姨了，不是只有我幫菊子找嗎？沒有阿姨啊！」黃慧來彎低著身子，「這是祕密喔，其他人不能知道菊子的心在哪裡的。」

「好。」妮妮很乾脆的點了頭，祕密！

可以找到菊子的心耶！這樣菊子就不會這麼難過了！它一直說沒有心怎麼辦？像人沒有心臟，沒有心，它就不算活著。

嗯，可是菊子……明明有心啊！

果汁跟五穀飲完全不同攤，都是現做現打，李太太著實等了好一會兒才拿到，她也爲自己買了杯咖啡，全裝在一個托盤上，趕緊回到桌邊……只是當她回到桌邊時，卻只看到桌上那紋風不動的杯子蛋糕。

「咦?」這洗手也洗太久了吧?

她小心的放下托盤，正準備去找人時，熟悉的人影急匆匆的走進食堂，左顧右盼的，一下就找到站著的她。

「阿娟!」魏思燕滿是感激的走向她，「眞是抱歉，我剛處理事情晚到了!大魚他們走了嗎?」

她看著桌上的飲料跟蛋糕，哇了一聲，這丫頭過得眞好。

「走了。他們黃昏市場有攤啊!」李太太說著，遙望洗手間。

「這蛋糕好可愛，大魚他們拿來的嗎?」魏思燕其實也餓了，看得嘴饞，「嗯?……妮妮呢?」

魏思燕這才想到，大魚他們離開的話，妮妮去哪兒了?

「慧來姐帶她去洗手，洗好手才能吃蛋糕，這她帶的。」李太太準備去洗手間找人，「不過好像有點久，我去找。」

一聽到黃慧來的名字，魏思燕臉色丕變，她倏而起身，逕自往洗手間的方向去!洗手間不大，隨便喊一圈就知道沒有她的孩子!

並沒有在洗手間啊！

「妮妮呢？」魏思燕激動的衝回桌邊，質問著李太太。

李太太嚇到了，但思燕的狀況連安撫都無法了吧！「慧來姐眞的說要帶妮妮去洗手而已，或許是……帶去買別的東西了吧？」

李太太自己都沒有把握，畢竟桌上那六個杯子蛋糕還擱在那兒，這樣的理由根本不合理！

「吃的都在這裡，還能帶去哪裡？妳不是說她們去洗手而已嗎？」

「思燕，稍安勿躁好嗎？慧來姐可能眞的只是帶妮妮出去晃晃而已……」

「妳不知道她昨天跪著求我，要我把菊子還給她！我拒絕後請她回去，她今天……」

「菊子？她還想要回菊子？」李太太相當吃驚，「可是今天妮妮沒有帶菊子出來啊！」

這一句話讓魏思燕愣住了！

是啊！昨天發現菊子的臉變成張曉明之後，她便讓兆平趁妮妮睡著時把菊子放回盒子裡，今天一整天不開盒亦不讓妮妮抱，妮妮還跟她哭了一上午！她好不容易才謅了個理由，但也只是緩兵之計。

那精美的蒔繪盒子，現在正用繩子綁妥，擱在柏明的病床床頭旁。

阿娟的話提醒了她，於是魏思燕二話不說轉身就往外頭奔去！

「等等！妳等等！思燕！」李太太措手不及，到底是怎樣啊？

匆匆收拾桌上的東西全往肩上購物袋扔，李太太也一路追出，魏思燕狂奔回病房，中途還遇上熟悉的護理師要她不要奔跑，她激動的喊著她女兒不見了、被人拐走了，讓旁人大吃一驚。

如果黃慧來是來探望柏明的話，她沒有遇到她啊！特地先到餐廳把妮妮帶走是什麼意思？而且她執著的菊子——魏思燕衝過頭般的推開病房門，她連走都還未走入，當即腳軟的癱在地。

床頭那黑色的蒔繪盒子，不見了。

黃慧來眞的把盒子、把菊子帶走了！

「思燕！思燕妳……到底怎麼了？」李太太由後趕到，上氣不接下氣，差點撞到了跪在門口的魏思燕，「哎唷，妳怎麼在這裡啦！」

魏思燕搖了搖頭，無助的淚水滴落，「她帶走菊子了。」

「菊子？在哪兒？」李太太將魏思燕拉了起身，她連站都站不穩當。

「柏明旁邊的櫃子上。我把菊子放在盒子裡，外面還用繩子綁起來……但是

現在盒子不見了！」魏思燕驀地轉向李太太，「她要菊子就拿去，但她爲什麼把妮妮一起帶走了？」

因爲一路上魏思燕的歇斯底里引起眾人的注意，一傳十十傳百，許多人都注意到這裡的騷動，也知曉似乎有人的孩子不見了！因此柏明病房外頭圍滿了人，人聲鼎沸，可躺在床上的男孩依舊沉睡。

李太太讓魏思燕靠著門站穩，逕自向前走近櫃子，上面果然沒有任何裝菊人形的黑色盒子，但是卻留有一張紙條。

「思燕妳快來！這裡有留字條啊！」

什麼？聞聲的魏思燕踉踉蹌蹌的衝到櫃子邊，搶過李太太手中的紙條，顫抖的手握著。

「怎麼這麼熱鬧？」

童胤恒站在病房走廊上，遠遠的就看見了一堆人聚在一起，看起來像是柏明的病房啊！

「會不會是柏明醒了？」汪聿芃哇了聲。

「拜託妳看一下那個氣氛！一點都不開心好嗎！」童胤恒嚴肅的看著現場，

「出事了嗎？……喂！汪聿芃！」

汪聿芃已經一馬當先，一路借過的撥開人群朝病房去。

「天哪！又怎麼了？」康晉翊只覺得手發寒。

汪聿芃鑽進病房時禮貌的打招呼，「魏姐！」嗯？柏明沒醒啊！

魏思燕顫抖著轉過頭看向汪聿芃，進入病房的童胤恒瞬間感受到不對勁，他趕緊上前，接過魏思燕捏著的那張紙條……

「慧來姐把菊子跟妮妮都帶走了！」

擠進來的康晉翊與簡子芸也湊上前，那個潦草的字跡：「我要找回我的曉明」。

警察很快的抵達，遺憾的是負責這個案件的不是大家熟悉的章警官，而是另一名新進的警官，如此都市傳說社做起事情相當綁手綁腳，因爲這位警官並不太聽他們說話，只把他們當作討人厭的囉嗦大學生外加閒雜人等！

但是他們也不能走，必須要待在附近以知道最新消息，魏姐可哭慘得泣不成聲，王兆平接到通知後也立刻請假趕來，完全不能理解爲什麼會出這種事；警方利用權限調查監視器，首先要先確認的確是黃慧來帶走妮妮。

「我眞的不知道……她出來買午餐啊，我就在家裡等，餓得發慌了，想說爲什麼買個午餐買了這麼久？」被請來的張恩光眼眶泛淚，一雙滿是皺紋的手抖著，「我眞的不知道她帶走妮妮，她到底要做什麼啊？」

老人家哭了起來，既慌張又心亂如麻，看起來應該眞的不知情。

「都是妳！我把妮妮交給妳，妳怎麼會讓黃慧來帶走她？」媽媽已經失去理智，魏思燕推開了李太太，「她應該不喜歡慧來姐的啊！爲什麼爲什麼？」

「對不起，對不起，我太信任慧來姐了，我不知道她會這麼做啊……今天妮妮很喜歡慧來姐啊，說慧來姐在夢裡幫菊子找心，大家一起找，所以就……」李太太也哭了起來，「對不起，對不起！」

「找什麼心？」警官皺眉。

「孩子做夢，說丟掉的娃娃有心，心掉在什麼石頭塔那兒，一堆石子找不到，是慧來姐幫忙的。」李太太抹著淚，「所以她主動讓慧來姐坐在她身邊，也沒有排拒跟她去洗手啊！」

「如果她眞的想要回娃娃，我可以出重金買！買還給她都行……但是她這樣就是偷、是搶了！阿來如果眞想要娃娃，爲什麼要連妮妮一起帶走呢？」張恩光哽咽的問警察，要是警方知道還需要問他嗎！

警察給張恩光看過紙條，字跡確定是黃慧來的，但並不明白意思，只能解讀爲：黃慧來覺得娃娃就是張曉明，她想要把女兒要回來。

但帶走妮妮的用意，完全沒有人知道。

學生們站走廊外，大家心情都很凝重，紙條的留言都讓大家聯想到很糟糕的結果。

「我請問一下，菊人形裡面有活人祭這個東西嗎？」童胤恒忍不住開口了。

「這樣子就能把逝者叫出來嗎？」連康晉翊也跟著回應。

「都失蹤三十幾年的人了，現在說要找回女兒不是莫名其妙嗎？她之前抱著三十二年時幹嘛不做？」簡子芸快速搖頭。

「如果用蔡志友的角度呢？」汪聿芃湊近大家低語，「奪回證據，湮滅它！」

「如果是這樣需要大張旗鼓的綁架一個小孩子嗎？搞得全世界都覺得她有問題？根本欲蓋彌彰吧！」康晉翊剛剛就想過了，黃慧來搞這麼大齣戲到底所爲何來？

「我覺得當年可以做得這麼好的凶手，應該不會犯這種錯誤吧！」簡子芸覺得蔡志友的假設在這裡無法使用。

所有人百思不解，沒辦法理解黃慧來的動機與想法，現在只希望趕快知道她

將妮妮帶去哪裡！

娃娃已經不再重要，都市傳說也不令人害怕，現在大家最怕的就是妮妮會不會出事？警方已經定調黃慧來的精神異常，也有人證確認是她帶走妮妮，接下來是查去了哪裡。

「確定了！」裡頭傳來聲音，「也有人指認了，她們前往輕軌站！」

「好！快點查她們上的是哪個方向的車！」

哪個方向？康晉翊立即反應，以黃慧來來說，她能去的地方只有一個啊！

「警察先生！哈囉，洪警官！」康晉翊即刻上前，「先調查往Q鎮方向的列車吧，黃慧來應該……」

「去去，你們幾個大學生怎麼還沒走？」才開口沒講兩句，康晉翊立刻就被趕走，「我們警方現在在辦事，到旁邊去！」

靠……連簡子芸都暗暗握拳，感情這位警官跟章警官感情不太好吧，警局幾乎都知道他們幾個，這擺明就是故意找碴了！

「不管他們了，我們自己辦。」一出來，康晉翊使了眼色，大家瞬間離開病房，「黃慧來只有一個地方可以去了。」

學生們疾走而離，但魏思燕沒有錯過這景象，慌張的衝出去！

「康晉翊！你們要去哪裡？你們是不是知道她們去哪裡了？」後頭的童胤恒回首，忍不住點了點頭，「去許願塔！」

許願塔……魏思燕轉身衝回病房，「爲什麼我們還不走？都已經知道妮妮在哪裡了！」

洪警官即刻扳起臉，「這位太太，我們現在還在調監視器，妳怎麼能相信幾個毫無根據、只用猜的大學生呢？如果他們猜錯了，就是拖延救援時間，萬一因此導致妳女兒更危險怎麼辦？」

氣氛頓時緊繃，王兆平趕緊上前安撫魏思燕的情緒。

「許願塔……他們說得有理啊！」魏思燕持續激動的上前，「那群學生說的是對的！我相信他們，我現在就要過去！」

「請家屬稍安勿躁！等我們調查好嗎！」洪警官厲聲大吼，相當嚴肅。

魏思燕急得像熱鍋上的螞蟻，她不瞭解這警察爲什麼不信康晉翊？王兆平只能安撫，因爲他們既然找了警方過來，就必須讓警方處理啊！

好不容易過了二十分鐘度日如年的時間，警方確定黃慧來搭上了前往Q鎮的列車，魏思燕簡直都要爆炸了！

「就跟你說了，康晉翊他們說的不會錯！」魏思燕指著警察大吼，「就這樣

浪費了時間，如果最後是你拖延了妮妮的救援時間呢？」

「每個人說的話都能輕易相信，還需要警方做什麼？警方辦案是講證據的！」

這下，連王兆平都忍無可忍了，「好！那你告訴我——都市傳說到底有什麼證據與根據？」

「都市傳說？」

「哇！阿姨，妳的煎餃真好吃！」P鎮，大樹煎餃攤裡，蔡志友劃上了滿足的微笑。

「謝謝啦！大家都這麼說！我在這邊做幾十年了！」一個阿姨咯咯笑著，得意之情溢於言表。

「難怪耶，幾十年了好厲害喔！」蔡志友繼續稱讚，「妳一直都在這邊賣嗎？」

「沒有啦，我之前在隔壁鎮，後來人少了生意不好，我又剛好搬家，就搬到這裡了！」阿姨笑笑說著，一邊清理剛走的客人桌面。

「哇，好巧喔，我們也剛從Q鎮過來，正在查一些事情說……」小蛙直接接口，「就一個慧來姨跟她孩子失蹤的事……」

老闆娘一怔，「阿來？」

「對對對！黃慧來跟張曉明……」蔡志友一字字的說著。

「哎唷，那不是三十幾年前的事了！」老闆娘蹙起眉，終於感受到這兩個學生不太單純。

「對對對，我們就是想要來請問——當年是不是您跟慧來姨聊天？」蔡志友起了身，「阿好姨。」

準確的叫出老闆娘的名字時，老闆娘緊張的捏緊了手裡的抹布，「哎唷，這麼久的事了，爲什麼……都這麼多年了，提起來就讓人傷心！一個小小的可愛的孩子就這麼被人綁走了，實在很夭壽骨！」

「對啊對啊！太差勁了！」小蛙也跟著應和。

「曉明也不是被綁架，沒人要贖金啊，說不定被賣掉了啦！啊你們是要找什麼？」阿好姨相當困惑。

「我們就是想要把她找回來，所以需要阿好姨幫忙啦！」蔡志友飛快切入重點，「就是那一天，妳跟慧來姨在聊天時，有看到曉明在那邊玩扮家家酒嗎？」

「有啊！曉明就在裡邊玩啊，曉明就很安靜，喜歡一個人玩，哪像我家的皮

得要命都在外面打架！」

「我的意思是，您在那天下午，有看過張曉明這個人嗎？」

阿好姨皺起眉頭，「不然咧？她就在那邊玩啊！」

蔡志友深吸了一口氣，「我知道，曉明就在那邊玩——那麼妳是什麼時候親眼看見她的？親眼喔！不是聽慧來姨：喔我女兒在裡面玩而已？」

三十幾年前的事了，照理說她應該不會記得，但那一天實在太特別了！鎮上發生了嚴重的大事，一個小小孩失蹤了！這樣的事她怎麼可能忘！

那一天下午吃飽後她就帶孩子出去玩，大家都在外面聊天，孩子在大空地上玩騎馬打仗，而阿來說曉明一個人到裡面那小地玩扮家家酒。

但是，她有親眼看過曉明嗎？

沒有。

她到空地時，阿來已經在那邊了，她就坐在板凳上，那個角度也看不見孩子，因爲被樹鬚擋住所有的視線；是阿來先打招呼的，說曉明在裡邊玩扮家家酒，她還說了女孩子比較好，女孩子都安靜，哪像我兒子只會打架……

「沒有……那一天我都沒有看過曉明啊。」阿好姨給了肯定的答案。

原來是這樣啊……蔡志友強忍著心裡的興奮。

「唉，你們不知道啦，其實阿來也很可憐！她家境很好耶，當初要嫁給老張時家裡可反對了，畢竟背景差太多了！」

「是喔！原來慧來姨是富二代喔！」小蛙倒是有點訝異。

「富二代？唉唷，第三代第四代囉！那個時候老張只是一個小小的職員，怎麼配得起啊！但是他們的堅持還是讓愛情修成正果，又生了曉明，所以兩家也都接受了他們的婚姻……」阿好姨重重嘆息，「之後偏偏孩子出了這種事，你們說……人的命厚！」

「原來啊……沒想到慧來姨背景很硬，他們家是做什麼的啊？」蔡志友好奇的問。

「現在很少人會了，但以前也是獨門技藝，而且他們家技術很好！」阿好姨一臉神祕，「他們家啊，是做娃娃的。」

兩個男孩當即愣在原地——做娃娃的？做娃娃的！

這幾個字幾乎在兩個男孩的腦中炸開，蔡志友突然覺得他的想法都連起來了！

「謝謝阿姨，我們等等帶同學來吃！」蔡志友回身抓過包包，衝出了店外。

「嗄？啊不是要問曉明的事……」阿好姨的聲音漸遠，莫名其妙看著學生背

影遠離。

「聽到了沒，他們家做娃娃的！」蔡志友簡直欣喜若狂！這樣子，或許他想的是對的！那個娃娃的頭髮為什麼是人髮，因為植入的本來就是張曉明的頭髮，什麼伴遺骨或灑骨灰，搞不好娃娃身體裡裝的就是骨灰！

「喂，康晉翊他們說趕來的路上……黃慧來把妮妮綁走了，而且會跑去許願塔那邊！」

「什麼？她綁架妮妮？」蔡志友懵了，這舉動未免也太大了吧？當年能沒被發現是因為科技不發達，監視器不多，現已今非昔比，她想要怎麼做？

「快點，我們先過去再說！」蔡志友跳上機車，先不管他的猜測對不對，總之先救到孩子再說！

康晉翊一行人好不容易飆到目的地，大家下車都要O型腿了，但並沒有比警方快多少，因為警車走高架，速度快得多。

可至少學生們是熟門熟路，大家跳下機車後即刻往上衝，有數階不平整的階梯朝上，那片空地公園是在高處，他們走的是捷徑，而警車必須停在另一端的馬路上。

「康晉翊！」對面突然也衝來兩台熟悉的機車，大家都傻了。

「小蛙？你們爲什麼在這裡？」

「先不要說這個，黃慧來家族是做娃娃的，那個娃娃可能就是用張曉明的身體做的！」蔡志友劈里啪啦的說著，這句話惹得簡子芸一陣冷顫，「頭髮是植入眞髮，身體裡說不定都是骨灰！」

消息來得太快，大家一時都無法反應，總之——就是妮妮有危險！

大家吃力的往上衝，汪聿芃自然還是一馬當先，把所有人遠遠的甩在後面……甩……汪聿芃突然緩下了腳步，她總覺得哪裡不對勁。

許願塔？菊子陪著妮妮玩耍，一顆一顆的堆著石頭……爲什麼要來許願塔？娃娃有心了，今天菊子說慧來嬷陪她找娃娃的心，所以也就沒那麼抗拒了？在哪裡找，就在什麼石頭塔那邊……

不對，不對……汪聿芃幾乎要停下了，一般人不會跑這麼快對吧？他們速度快得多，加上她的腳程——

「我跑太快了……對，我跑太快了！」汪聿芃停了下來，慌張的看著兩點鐘

方向的眾多古樹。

樹的後面，應該就是黃慧來與妮妮了！

「汪聿芃！妳在幹什麼？」童胤恒也是運動健將，所以第二個奔至，「我以爲妳已經過去了！」

「不！」汪聿芃竟出手拉住他，「我覺得不要過去比較好！」

「嗄？妳在說什麼？快走啊！現在不是分秒必爭嗎！」童胤恒甩開了她的手，「妳跑這麼快應該要先去啊！」

他急忙的掠過汪聿芃，往前奔去。

汪聿芃看著童胤恒的背影，她覺得不應該去！不應該——

『不不不不不不不不——』

「呃啊——」叫聲穿過童胤恒的腦子，如萬根針同時穿過，他痛得立即跌倒跪地，抱著頭咬牙慘叫！

「童胤恒！」汪聿芃焦急的衝上去。

好痛！這不輸人面魚的疼啊！是因爲都市傳說就在附近嗎？

童胤恒痛到完全站不起來，咬牙忍著，這時康晉翊跟簡子芸也終於追上，一見到狀況就知道不對了！

「都市傳說！」康晋翊看著整顆頭都快埋進土裡的童胤恒，「很嚴重啊！」

「那我們先過去了！」簡子芸急得很，拉著康晋翊往前走。

汪聿芃看著要離開的他們，耳邊聽見後方警察的吆喝聲，「等等！」

咦？康晋翊愣住，因爲汪聿芃抓住了他的手。

「我覺得不要過去比較好。」她雙眼異常的認眞，凝視著康晋翊。

不要過去？簡子芸不可思議，光是看見他們兩個在這裡就更震驚了，計畫裡是讓跑得最快的汪聿芃先去阻止一切啊！

「快快！」

整齊的步伐聲傳來，警方到了。

汪聿芃的手沒有鬆開，一手握著康晋翊的手肘，另一手搭在童胤恒的身上……此時此刻的痛楚漸褪，但童胤恒虛脫得趴在地上，剛剛那瞬間高強度的痛楚，幾乎奪去了他所有氣力。

洪警官一上來看見他們就是怒目瞪視，簡子芸護著大家靠邊站，看著大批警察衝了過去。

這個角度，看不見許願塔那邊的人，但沒幾秒，他們就聽見了警察喝斥聲、小女孩的尖叫聲，以及老人家慌亂的哭聲。

接著，是瘋狂奔過去的魏思燕，她連康晉翊他們都沒瞧見，一路哭著衝了過去。

「妮妮——」

孩子哭著，大喊：「媽媽——」

妮妮還活著，她是安全的。

第十章 娃娃的心

黃慧來上銬，哭得恐慌，小孩被這樣的陣仗嚇到說不出話，也哭喊著黃慧來只是帶她去玩，根本沒有綁架情事。

但警方認爲是妮妮不懂事，不知人心險惡。

「妳怎麼可以這樣！」魏思燕對著黃慧來尖吼，氣得一巴掌就打下去，「妳明知道孩子丟掉的痛！」

「欸……」李太太連忙阻止，雖然知道思燕很氣，但還是請她手下留情。

黃慧來沒說話，只是撲簌簌的掉著淚。

「阿來啊……」張恩光終於蹣跚出現，「妳怎麼這麼傻啊，妳……妳說妳帶她來做什麼？」

黃慧來聽見老公的聲音，淚眼婆娑的抬頭，緊抿著的唇顫抖。

「就這樣？」蔡志友語氣中帶著強烈的失望，「我以爲……」

康晉翊沒好氣的看著他，「你以爲怎樣？妮妮會被殺掉當活人祭還是什麼嗎？」

「這種操作太奇怪了，要殺個人還要人盡皆知？」簡子芸也不覺得黃慧來會這麼做，「但我不明白，黃慧來爲什麼要把妮妮帶過來？我看她也沒有要奪走菊子的用意啊！」

奪走，就搶娃娃就好了不是嗎？

「阿嬤！」在警方要帶走黃慧來時，妮妮衝了上去，「阿嬤要去哪裡？」

魏思燕看了又氣又心疼，上前拉開妮妮，「阿嬤做錯事了，警察要帶她走。」

「阿嬤沒有……阿嬤沒有綁架我！」妮妮開始哭喊著，「我們是來玩，阿嬤陪我找菊子的心！」

菊子的心。

汪聿芃瞪大雙眼直接走過去，到底娃娃的有心指的是什麼!?

「不要哭……曉明乖，不要哭！」黃慧來突然哽咽的看著妮妮，喊出了怪異的名字。

所有人登時一怔，相互看了彼此一眼。

「她是妮妮啊！阿來。」張恩光趕緊說著。

「不，她是我的曉明……她喜歡玩扮家家酒，她喜歡她的蘋果！」黃慧來下一秒瘋狂的大喊著，「我帶我的孩子來這裡玩有什麼錯！有什麼錯!!」

她的孩子？

王兆平趕緊把妮妮拉開，順道再把魏思燕也拉得遠離些，看來黃慧來的狀況不太好啊。

「阿來！」張恩光慌了，「我們曉明已經失蹤了！」

「沒有，她在那裡啊你說什麼！」黃慧來笑得瘋癲，「還拿著蘋果呢！」蘋果，是張曉明爲菊人形取的名字，康晉翊心頭一緊，慧來姨終究還是無法接受孩子失蹤的現實嗎？

「我是妮妮……」妮妮有點錯愕。

「曉明，妳的玩具我都放在床下呢……啊，我得回去拿……我！」想掙脫的黃慧來立刻再被女警制住，「啊！放我走！我要去拿我孩子的玩具！她喜歡扮家家酒，眞的……」

瘋了！

童胤恒看著扭動著、掙扎著被帶走的黃慧來，心裡不免也一陣心酸。

張恩光看著老婆的瘋癲，久久不能平復，老淚縱橫的他連站都站不穩，是警方趕緊上前攙住他。

「不……我不賣蘋果就好了！都是我！都是我——」老人家突然一拳一拳的，朝自己頭上狂砸。

「張哥！別這樣！」李太太衝上前抓住他的手，「你這樣我怎麼過意的去啊，是我……是我勸你把蘋果賣的了！」

李太太也跟著泣不成聲，事情演變成這樣，絕非他們所願啊！他們只是希望……黃慧來可以放下而已！

現場一片哀悽，魏思燕也突然不忍再苛責，仔細想想也不難發現，昨夜的慧來姐已逼近瘋狂，那種一頭一頭磕在地上的動作，本來就不正常了。

看著被警方帶走的年邁身影，魏思燕突然有點於心不忍了。

「菊子的心呢？」冷不防的，汪聿芃就已在魏思燕身邊。

咦？童胤恒隔壁空無一人，她什麼時候跑掉的？

「不知道，一直找不到啊！」妮妮心疼的看著菊人形，「我跟慧來嬤怎麼找都找不到！」

「那找到了之後呢？菊子的心要放在哪裡？」汪聿芃再問，一雙眼熠熠有光。

「心臟啊！」妮妮指了指菊子的心口，「心臟不見會痛痛……」

接著，妮妮小心翼翼的撥開和服領口，令人驚奇的看見居然有縫！

連魏思燕都覺得奇怪，蹲下身爲她抱住娃娃，「媽媽都不知道菊子有心。」

「有呢！」因爲媽媽的輔助，妮妮便能再將和服敞開些，所有人都見到菊人形胸口的方形縫，妮妮用指甲一勾，把胸口那方型撬了起來！

一扇右開的小門在菊人形的胸口，裡面眞的有個窟窿！

康晉翊他們都已經聚攏過來了，不敢置信的盯著，汪聿芃隨手在地上找了一個差不多大小的石頭，二話不說塞進胸口裡。

「不行！不對，那才不是菊子的！」妮妮氣急敗壞的忍著，用力把石子摳出來！

「阿霞沒有說錯！娃娃是有心的……」簡子芸喃喃說著，「所以心呢？」

都市傳說社的學生們靜了幾秒鐘，突然間大家都動了起來！

所有人都積極的在那個滿是石子的地方找尋所謂的「心」，連什麼樣子都不知道，總之找一個跟石頭不一樣的就對了吧。

洪警官皺著眉看著荒唐的舉動，冷嗤一聲，現在就是先到警局去做筆錄，這些學生要胡搞瞎搞是他們的事了，總之孩子跟東西都找到了便好。

「再一下下，拜託！讓我們找一下心。」康晉翊趕緊跟魏思燕說著。

魏思燕頷首，低聲交代王兆平，請他去問問警察，孩子沒事就好，她不想對黃慧來多做追究。

撥石聲一時此起彼落，蔡志友不死心的跑去找警察說了自己的推斷，他覺得應該好好檢查菊人形，說不定可以找到張曉明失蹤的證據。

蒔繪盒子擱在地上，汪聿芃好奇的將盒子拿了過來，捧在手裡反覆端詳，這

盒子眞的非常精美，拿起手電筒照明每一吋，童胤恒留意到她的動作也過來幫忙。

「元曆？」汪聿芃喃喃唸著在盒子角落隱藏的落款，「那是什麼時代啊？」

童胤恒當下上網搜尋，「日本的鎌倉時代……我的天啊！這個盒子眞的是日本的東西！」

換句話說，菊子是貨眞價實的菊人形！

菊子不是隨便的娃娃，還眞的是漂洋過海來的都市傳說！

這是放菊子的專屬盒子，裡頭自然能剛好卡好菊子，左上角的地方有內凸了一塊三乘五見方的區塊，上頭亦有美麗的蒔繪，同時以書法寫著「菊人形」三個字。

汪聿芃再度把盒子舉高查看，手電筒照得越近，她總覺得好像跟菊子胸口一樣，也有一條縫……有樣學樣的也用指甲摳摳看，結果在毫無心理準備的前提下，剝！

黑蓋掀開，深色的絨布裡便躺著一顆紅色的圓形石頭！

汪聿芃與童胤恒同時瞪著那顆石頭，這大小與菊子胸口那個窟窿一樣！

「菊子的心嗎？」汪聿芃拿了起來，用食指與姆指捏著。

咦？妮妮看見了簡直欣喜若狂，伸手接過後即刻急著要幫菊人形裝上。

所有人屏氣凝神，看著妮妮將那個紅色石頭完美的放入，所有人甚至聽得見心臟卡進菊子身體裡那一聲：喀噠。

就在這瞬間，汪聿芃看見菊子的雙眼瞪大，迅速的轉動，接著在一瞬間停止了所有面部表情！

「怎麼……」汪聿芃蹙起眉湊近菊子，期待它的眼珠再瞟過來。

妮妮正為菊子穿好衣服，開心得像是她得到心臟似的。

「結果一直在盒子裡嗎？」康晉翊詫異的看著蒔繪盒子，「本來就是一體的？」

「之前黃慧來在抱的時候心都在嗎？」康晉翊立刻問向李太太。

李太太一愣，「我、我不知道，我拿到時就是這樣，後來就交給阿才了啊！」

「媽媽，菊子找到自己的心臟了！」打理好娃娃的妮妮開心得又笑又跳。

「好，好棒！」魏思燕笑得勉強，不安的看著康晉翊他們：這是怎麼回事？

汪聿芃有幾分失落，無力的坐在地上，「我覺得，它已經不再是都市傳說了。」

「什麼？」小蛙湊上前，「話說完啊，外星女。」

「它的眼神死了，沒有生命，看起來就是個再普通不過的娃娃。」汪聿芃歪著頭，「那顆石頭好像鎮住它了……」

鎮住。

只有汪聿芃看得見都市傳說，康晉翊認爲她看見了某些他們不知道的細微末節。

童胤恒也疲憊得坐了下來，自然的依靠著汪聿芃，身體殘留的痛耗盡了他的元氣，他現在只想吃甜的、想休息。

「我們……魏姐，今晚請把菊子放在盒子裡，一樣擱在你們家神桌，明天看看狀況好了。」康晉翊想了良久，只能想到這個測試法，「今天裝了它的心，要有什麼變化應該明天就能看得出來。」

「喂，萬一……」蔡志友使著眼色，如果是不好的變化，發生在半夜怎麼辦？

「不會了，它不會了。」汪聿芃搖著頭，不停的重複著，「那只是個普通娃娃了。」

連阿霞屋子裡那些會刷存在感的娃娃們都比不上了，她現在與菊子四目相交，感受不到一點靈氣。

魏思燕心裡很不安，但王兆平支持學生的說法，畢竟這幾天放在神桌上也沒什麼變化與大礙，如果她還是擔憂，那他可以在蒔繪盒子外再加綁一條繩子。

「我們得去警局了，還有柏明在醫院呢。」王兆平低語著，這裡不該待了。

魏思燕點點頭，爲難的看著拉著她裙子的妮妮，這邊才是棘手的好嗎！

「妮妮，晚上菊子一樣要睡盒子裡喔！」

「嗯。」妮妮點頭點得乾脆。

「因爲……」魏思燕還想要說服，卻不免一怔，「妳有聽懂嗎？晚上一樣不能跟菊子睡覺！」

「好。」仰起頭的妮妮再度回應。

哇！這是怎麼回事，妮妮突然這麼配合？魏思燕都嚇到了，這幾天每天都得哭一小時啊！

「妮妮好懂事，不會鬧了。」李太太趁機讚美。

「菊子有心了！它就不會怕了！」妮妮認眞的抱著菊子，「對不對，菊子？」

小蛙轉著眼珠子，「妙了，搞半天是菊子會怕，妳陪它啊？」

只見妮妮轉向看起來很凶的哥哥，卻還是用力點了點頭，「對啊！」

唉，康晉翊與簡子芸交換了眼神，到底誰怕誰啊？

黃慧來交保釋回，犯行不重，而且年事已高，所以無需羈押，後續的法律再慢慢走，而魏思燕也完全不想追究一個只是思念女兒過深的母親。

當然重點是妮妮平安無事。

那一夜過後，正如汪聿芃所言，一切都回到了原點。

隔天王兆平打開蒔繪盒子，瞧見的是正常的菊人形，正常到它不再有張曉明的臉孔，頭髮勝比前一天還短，嘴唇也已闔起，拍照給都市傳說社的學生看時，比對出那是一開始的菊人形。

頭髮是他們購買時的長度，沒有長長過，神情與臉孔都是當初入手時的模樣。

那已經是一尊無害的娃娃，因爲它有「心」了。

所有事情也開始轉好，柏明也已甦醒，恢復狀況良好，小孩子的癒合力很強大，只是他一直說是有人推他，講得魏思燕毛骨悚然的。

「那顆石頭本來就在娃娃體內，是攤商整理時把它拿出來的。」簡子芸的手在鍵盤上忙碌著，「那石頭是拿來鎭壓的吧！」

「所以菊子眞的是菊人形，是被那顆石頭鎭住了？」小蛙托著腮，「它還是都市傳說啊！」

「是，但是鎭著就沒事！」康晉翊望著桌上的三秒膠，「我在想要不要把胸口黏死。」

「我不做喔！」童胤恒立即拒絕差事，在都市傳說頭上動土，他傻了嗎？

「我也不要！」小蛙跟著搖頭。

康晉翊雙手抱胸，「這才是一勞永逸的方法啊！」

「什麼？就放著啊，也不是所有人都會去脫娃娃衣服嘛！」汪聿芃相當不以爲然，「就假裝不知道就好了，而且就算我看到，我也不會想把石頭拿出來耶！奇怪！」

「妳這樣說，會害我覺得那個攤商怪怪的。」簡子芸忍不住笑了起來。

黃慧來精神異常，時好時壞，又有點老人痴呆，有時看著妮妮叫曉明，以爲自己還年輕，有時又問曉明人呢，張恩光總是不厭其煩的回答，看著難受，但又希望妻子不如全忘掉好了。

妮妮倒是很護著黃慧來，一直說慧來嬷沒有綁架她，她們只是一起玩，上星

期日還特地跑去探望，帶著菊子一起去陪阿嬤玩了一下午。

這種狀況，魏思燕自然也不可能再說什麼，只是不敢讓妮妮離開自己的視線，每次黃慧來喊曉明的名字時，她都會特別緊張，深怕一閃神，孩子又被黃慧來帶走。

「喂喂！時間差不多了喔！該走了！」童胤恒吆喝。

「唉，我文章還沒寫完呢！」簡子芸急著把菊人形的事發布在網路上，但更想去看一眼菊子。

蔡志友就坐著，一臉失落，「我……不……想……去……」

「唉，你還在想陰謀論喔！」康晉翊無奈極了，「你推斷得也有理啊，但是娃娃不是他們做的，那是鐮倉時代的東西了！娃娃體內也就那顆心，黃慧來的舉動只是……一個母親的崩潰。」

「我還是──」蔡志友就是過不了自己的坎，「可以再驗一次嗎？」

童胤恒忍不住笑了起來，「我就說，蔡志友一定會提這個要求！」

「會！」簡子芸蓋上筆電，也帶著笑意，「今天去就跟妮妮商量，再拔菊子的頭髮！」

就再驗一次，不只是爲了蔡志友，其實是爲了大家心安，確定那不再是菊人形。

「Yes！那我們快點走吧！」蔡志友簡直一秒活血。

今天是柏明的出院日，骨折自然行動還是不便，不過魏思燕邀請「都市傳說社」的大家一起慶祝，她想要親自煮一頓，一方面慶祝事情告一段落，也順便感謝這些大學生們。康晉翊欣然同意，大家倒不是貪吃，全體的目標都是那位躺在盒子裡、恢復成原貌的菊人形。

「歡迎光臨！」一開門，就有小小孩偽裝成店員，用稚嫩的聲音說著。

「哇，妮妮今天是招待喔！」簡子芸看她有模有樣的行禮就覺得可愛。

「換鞋子喔！」妮妮自己完全沒有換，赤著腳從玄關踏進去。

「妮妮！妳鞋子呢？」果然一進屋，就被王兆平抓包，「外面髒，妳不可以這樣踩來踩……歡迎歡迎！」

他連忙拎著小粉紅拖鞋上前，讓妮妮穿好，向大家打招呼。

「兆平哥好！」康晉翊禮貌回禮，大家也合買了水果禮盒前來。

「這麼客氣？這樣回來回去沒完的呢！」王兆平倒是沒囉唆的接過，「思燕還在廚房忙，你們等等啊！」

「不急……」汪聿芃邊說，直接走向了神桌，「妮妮，菊子呢？」

沒見她抱著菊子，該不會還在神桌上的盒子裡吧？

「菊子在盒子裡呢！」王兆平指向了盒子，「自便，沒關係！」

眞的嗎？大家面面相覷，主人都這麼說了沒關係吧？身爲社長的康晉翊又被推出去，他小心的打開盒子，所有人爲之驚呼——眞的又不一樣了！

「你們可以拿出來看，沒關係哦！」王兆平路過時還丟了一句。

是嗎？那絕對沒人客氣了！

康晉翊當然有點遲疑，最後是簡子芸主動拿起端詳，這眞的跟那天在許願塔的臉孔截然不同，不過是一個娃娃卻能這樣變化臉孔，這種毛骨悚然的程度並不輸給自己生長的頭髮啊！

拿起來輕搖，菊子的心臟卡得很緊，沒有搖晃的聲音。

「唉，眞沒意思。」汪聿芃挑了菊子的小臉蛋，「一點FU都沒有了。」

「沒有人想要有FU好嗎！」蔡志友伸長手，「借我一下，我想看娃娃。」

簡子芸直接遞了過去，結果蔡志友一拿到，立刻把菊子顚來倒去的反覆看著，頭髮亂七八糟不說，髮飾直接掉下來！

「喂！」童胤恒連忙提醒，這樣是虐待娃娃吧，「等等讓妮妮看見了……」

「菊子——」

果不其然，小孩子的尖叫聲立刻傳來，伴隨著氣急敗壞的奔跑聲。

妮妮衝到蔡志友身邊，死命拉著他的褲子，「菊子還給我！」

蔡志友極其不願意放手，但妮妮又尖叫又跳的，連王兆平都匆匆從廚房出來查看了。

「蔡志友！」小蛙一把搶過菊子，笑吟吟的把它遞還給妮妮。

但是他動作實在超粗暴的，一般芭比說不定會因此被分屍，害得妮妮眉頭皺起，接過菊子時都快哭了！

「你們走開啦！」小女孩用無關痛養的氣力推了蔡志友，抱著菊子往房間衝去。

所有人白眼看向蔡志友，他還一臉無辜，「幹嘛？我就想看一下……」

「骨灰嗎？骨灰做成娃娃？」小蛙嘖了一聲，「它就不是瓷的啊！」

要燒進去也很難吧！

「來來，大家來坐！」魏思燕滿頭大汗的從廚房步出，吆喝著學生們。

柏明也在王兆平的幫助下，吃力的走出來，腳上與手上的石膏未拆，但要吃飯還是沒問題，全程使用調羹；妮妮還在生氣，氣呼呼的出來後，就是不要跟蔡志友他們坐，硬挪了位子坐到簡子芸身邊。

被討厭了啊……小蛙覺得自己根本池魚之殃！

「菊子沒有要一起吃嗎？」簡子芸留意到一直不離身的娃娃沒出來，「我不會傷害菊子的喔！」

說著，眼尾瞄向了無奈的蔡志友。

「小孩子！」王兆平話外有話，「李太太送了她一個新的芭比。」

「哦～」全體異口同聲，原來是喜新厭舊啊！

「之前吃飯睡覺都要在一起，接下來我看要換那個新來的了！」連魏思燕也覺得好笑，「昨天就抱著一起睡了。」

「安妮！」妮妮說得眉飛色舞，「她是公主喔！」

簡子芸瞄著不以爲意的妮妮，「所以新的娃娃叫什麼名字？」

「哦～」

汪聿芃覺得有趣，之前愛不釋手到死都不願意讓給慧來姨，一轉身就變了心，孩子變心也太快了！

「所以，菊子打算怎麼處理？」康晉翊覺得現況是最好處置的。

不管是要還給黃慧來，或是賣掉也行。

「還是打算放到廟裡，雖然你們都說沒關係，連柏明都不怕它了，不過……」

魏思燕為兒子夾菜到小碟上，「本質上還是那個對吧？」

大家默默的點頭，本質上它就是菊人形。

「那不是菊子了。」柏明說得自然，「不是之前那個！」

孩子的敏銳向來不能小覷呢！

「所以這個不會瞪你了？」童胤恒還打趣的問。

柏明用力的搖搖頭，滿足放心的大口吃著媽媽煮的美味。

「再過一陣子吧，現在還是會交替玩……」王兆平暗示的瞄向妮妮，等妮妮完全捨掉菊子後，就把它拿去廟裡。

這或許是最好的一條路，在原始的都市傳說中，娃娃最終也是由寺廟管理。

只要娃娃「有心」，它就永遠不會成為菊人形吧？

「超好吃的啦！魏姐這些菜也可以賣吧？」小蛙吃得不亦樂乎。

魏思燕笑了笑，「這種菜餚在攤子難處理啦！」

「我覺得燕子麵攤得快點營業了，休了這幾天，校版都一直在問麵攤什麼時候開咧！」康晉翊照實說，很多人都思念得很。

「呵，再兩三天，我想等柏明穩定一點，我當然要快點賺錢啊！」不然哪來的生活費！

餐桌上大家吃得滿足也聊得開心，多半聊的都是都市傳說，康晉翊也很感謝這緣分，雖然他們一度很想收了菊子放在社辦，但最後還是作罷。

以前夏天學長的習慣是收些殘骸，正式收一個都市傳說在社團裡好像也不太妥當，所以就沒跟魏姐提出。

吃飽後，小孩開始纏著要陪玩，妮妮拉著簡子芸跟康晉翊，柏明則纏著蔡志友跟小蛙玩奧特曼，一間房間裡一邊是宮廷宴會、一邊是奧特曼大戰，簡直要吵翻天了。

童胤恒看著在妮妮床頭櫃上坐著的菊人形，果然被束之高閣了啊！走出客廳，永遠不受青睞的汪聿芃被冷在外面，連小孩都嫌棄也是蠻厲害的，但她總是怡然自得，捧著蒔繪盒子在擦拭。

擦著擦著，眼神卻飄得很遠。

「妳打算什麼時候告訴我？」童胤恒一屁股坐下來。

「嗯？說什麼？」她好奇的看著他，還反問。

「那天爲什麼不讓大家先去找妮妮？一直叫我們不要過去比較好？」這件事他還沒忘。

哎唷！汪聿芃果然噘起了嘴，她就很不想說，以爲大家都忘記了，社長他們誰也沒提起這件事咧！

「我跑很快，不是一般人的快，所以我跑上去時突然有一種我不應該在那裡的感覺。」她眉頭微蹙，「而且，我不喜歡那邊。」

「那個小公園空地？」童胤恒回憶著，「我倒無所謂喜不喜歡，就是……有一點很怪。」

汪聿芃當下放下盒子，期待的看著他，「哪裡？」

「唉！石頭塔啊！一顆顆石頭疊上去的，又不是黏上去的——」童胤恒指指自己的傷，「那天那個怪人橫衝直撞成那樣，居然沒有一座塔倒下？」

汪聿芃笑開了顏，欣喜若狂，「果然不是只有我發現！」

「大家是被分心了，妮妮被綁、加上菊子的心……而且那些塔很靠近樹，也或許沒被撞倒。」童胤恒再自己給了解釋，「但是震動的話……我就是覺得奇怪，是有人又去疊嗎？」

「妮妮不是每晚都去！」她挑了眉。

童胤恒愣了幾秒，立即白眼，「那是做夢！」

「我就是不喜歡那裡，說不上來，再加上其實菊人形似乎沒有傷害到誰的意思。」汪聿芃想起那晚在石頭塔時，菊子的眼神，「它一直很恐懼……」

恐懼什麼呢？汪聿芃想著，突然抬起了頭。

童胤恒跟著抬頭看著天花板，上面只有一座毫無美感的燈，「妳在看什麼？」

「我喔……」

「欸……同學，可以幫我一下嗎？」王兆平的聲音從左後方傳來，他自短廊探出頭，「我在後院的鐵窗，幫我搬一下東西行嗎？」

「沒問題！」童子軍永遠沒問題。

「我也來幫忙！」汪聿芃放下盒子，也一起挽起袖子。

廚房裡的魏思燕還在忙碌，孩子說想吃餃子，她也幾天沒做餡料了，如果學生待得晚，還可以一起吃份餃子呢。

兩個人一起到後陽台，原來王兆平正在重新清理，想把一些雜物清掉，爲的是加強前後陽台的鐵窗，柏明的意外不能再發生第二次。

咿……雜音傳來，喀啦喀啦，童胤恒抱著箱子手陡然一鬆。

指尖有點麻，微微的痛跟著傳來……這是什麼熟悉的感覺與聲音？

「汪聿芃！」他想要做好準備，先呼喚了汪聿芃。

踩在鐵窗上頭的王兆平也伸手向著汪聿芃，她抱著小箱子一動也不動，瞪圓了眼朝外頭的天空望去。

「汪同學？」王兆平主動趨前，想接過箱子。

「我覺得，您先下來比較好喔！」汪聿芃眨了眨眼，認真的看向他。

「嗯？怎麼了嗎？」王兆平不理解，順著她的眼神往上看，只看到一片晴空萬里啊！

「下來吧！」汪聿芃肯定的說著，主動把箱子放下。

雖不明白但還是自鐵窗上跳下來的王兆平，也看向滿臉困惑的童胤恒——

唰唰唰，一根根繩索倏而從天而降，童胤恒嚇得扶著牆站起，看著扔進來勾住鐵窗的錨鉤，腦子一片空白——不會吧!?

「什麼味道？」王兆平突然嗅了嗅，「怎麼回事——」

他大喊著，拉開門衝進了屋，拉開的瞬間，濃烈的濃煙竄了出來！

熟悉的吆喝聲傳來，童胤恒立即頭疼得抱住頭，「汪聿芃！」

「人面魚事件開始，他們就一直在空中啊！」

第十一章

都市傳說

房間裡的大小孩子玩得激烈，男生派瞬間同齡，大戰得不亦樂乎，簡子芸與康晉翊這邊靜得許多，陪著妮妮一起演公主皇后，她不只這間房間有道具，連媽媽房間都有，剛還搬進來另一個皇室背景的道具屋。

孩子的世界很跳TONE，相處起來倒不累，或許因爲汪聿芃也是同類。

「妳爲什麼不找另一個大姐姐一起來呢？」簡子芸趁機問著，想拉汪聿芃下水。

「不喜歡。」妮妮回答得直接。

之前是「菊子不喜歡」，現在倒是她不喜歡了嗎？

「爲什麼？聿芃姐姐很好耶，她也很會玩喔！」康晉翊繼續推銷。

「就是不喜歡。」妮妮抬頭看向簡子芸，「她怪怪的。」

呃……簡子芸尷尬的笑著，小孩子果眞敏銳嗎？

「哈哈哈，妮妮好聰明喔！」小蛙一點都不客氣，「另一個姐姐是外星球來的喔！」

「小蛙！」簡子芸嚷嚷著，不要亂教啦！

嗯？蔡志友突然咳了兩聲，什麼味道？

轉過身，赫然發現門下竄進了濃煙——「幹！有煙！」

小蛙即刻跳下床，就往門口衝。

「等一下，先確定外面的狀況，不要開門！」簡子芸急忙大喊，有時關門更能阻擋濃煙的侵襲！

「……媽媽！」柏明嚇到了，開始哭泣。

「哇——」接著連妮妮也哭了起來，孩子們窩在床上，不明所以。

小蛙試了門把，發現並不熱燙，但是剛剛簡子芸說得對，關起的房門可以阻止濃煙的竄入啊！

「柏明，你上來，哥哥揹你！無論如何都要抱住哥哥！」蔡志友報完警，吆喝柏明上背。

簡子芸回頭看向妮妮，才要開口，小蛙主動過來，「我揹她啦，我們到底要不要出去？」

「童子軍他們應該在外面不是嗎？」簡子芸朝外面喊著，「童胤恒！汪聿芃！魏姐——」

妮妮嗚哇的跳上背，又不忘轉身拿過娃娃，小蛙實在很想罵人，都什麼時候了還要帶娃娃！

「思燕！妮妮！」王兆平的聲音傳來，「咳……咳咳！」

下一秒，門被推了開，濃煙眞的一秒就竄了進來！

「走！」簡子芸早已打開手電筒，即使是白天，火場裡絕對是伸手不見五指的黑！

大家嗆得不行，彎著身子就往外，簡子芸根本什麼也看不見，但是聽得見聲音跟晃動的微光。

「直走！一直直走就可以到玄關了！」是汪聿芃，她掩嘴喊著又揮舞手電筒，但眼睛根本辣到睜不開了，「王先生，不要待在這裡，你也走！快點！」

熱度極高，屋子裡不只是濃煙，還看得見橘豔的火舌捲著屋內的家具！

簡子芸踢到了玄關的門檻，發出聲響提醒大家，伸手要往前摸時才發現大門已經微開，她趕緊推開鐵門，狂咳的衝了出去。

「這……裡……」沙啞的、拼盡全力的喊著，樓梯間還沒有這麼嚴重！

但隨著他們打開門，濃煙也跟著竄出來了！

連換手抱孩子的機會都沒有，也沒有遲疑的時間，他們一路往一樓衝去……

簡子芸被嗆哭的模糊視線裡只看見他們幾個與王兆平，魏姐跟童胤恒他們呢？

「咳……咳咳……」汪聿芃走到陽台，眼睛連睜都睜不開，這裡有個被都市傳說的聲音影響的童胤恒，他根本走不動。

後陽台還沒裡面那麼嚴重，但各道門都大開，氧氣助燃，火舌肆意燃燒著一切。

「童……」她扶著牆，因爲雙眼已經被燻到看不見了。

回來做什麼！蹲在地上的童胤恒看見走來的汪聿芃，簡直不敢相信，她都離開了回來做什麼，火場瞬息萬變，剛剛出得去，現在就不一定了啊！

砰——就在這瞬間，火勢燒得廁所玻璃迸裂，就在汪聿芃的正上方！

「呀——」她被玻璃嚇得閃躲蹲下身子。

不痛？汪聿芃發著抖抬頭，卻看見一片片玻璃碎片倒映著燦爛的橘色火燄，飄浮在半空中。

『我說，怎麼會有熟人啊？』鐵窗上，冷不防的蹲踞著某人。

「哇呀！」汪聿芃被突如其來的聲音嚇到，整個人貼上牆——「你……」

男人帥氣的蹲踞在那兒，瞅著汪聿芃一笑，眼尾跟著瞄向左邊角落的童胤恒，手隨便一揮，痛楚即刻消失。

天哪……童胤恒勉強扶著牆起身，簡直不敢相信，這一根根繩索，還有態度一直很惹人厭的男人。

幽靈船的船長。

繩索不停晃動，感覺有許多人垂降，但都沒有人降到這層樓。

『這層樓應該只有一個，我負責收。』男子朝上大喊，再瞄向眼前兩個，**『你們兩個，選一個跟我上去吧！』**

「不行！」童胤恒即刻把汪聿芃護到身後，「不許動她！」

『好啊，那你跟我上去好了。』船長向來很乾脆。

「我才不要！」汪聿芃緊緊拉住童胤恒，「我們都會暈船。」

暈船……童胤恒很不想在這時候吐嘈，但這理由很爛好嗎！

『哈哈哈哈哈！妳一直都看得見我們對吧？』船長驀地從陽台跳下來，童胤恒護著汪聿芃再往角落退。

汪聿芃點了點頭，「人面魚事件開始就……」

啊啊，童胤恒想起她最近很愛往空中看，是因爲在看幽靈船嗎？這是觀光景點嗎？怎麼都不說！

『我們業績好得很，倒也不缺你們這兩條小命！』他往裡頭瞄了眼，**『跟我走吧！』**

跟、跟他走？童胤恒立即搖頭，這跟請鬼拿藥單豈不異曲同工嗎？

直接穿牆而入的船長幾秒後又倒退出來，不耐煩的打量他們，**『你們以為我**

船上很歡迎你們嗎？我對火車那傢伙的朋友一點都不感興趣！』

火車……童胤恒暗暗倒抽一口氣，夏天學長？

「你們眞的有私怨喔？」汪聿芃還有空八卦。

『**我才不屑跟他有私怨。**』船長哼的一聲，『**快點跟上，趁我沒後悔前。**』

唰地下一秒他又沒入牆裡，兩個呆站在原地的傢伙，直到五秒後玻璃碎片全數掉到地上，熱度瞬間升高時，他們才趕緊追上，衝進屋裡。

童胤恒依然在汪聿芃前方，屋子裡別說濃煙了，盡數被大火襲捲，但是他們步入時，所有一切都是靜止的！火與濃煙沒有溫度也不嗆人，還能像霧一般輕輕撥開……前方就是一條道路，船長走出來的。

汪聿芃揪著童胤恒的衣服，兩個人亦步亦趨的跟在船長身後，直到短廊盡頭，他們該往門口去了。

但是，童胤恒忍不住跟上前，看著船長進入廚房，拿起廚房窗戶盪進來的鉤子，揪起了趴在地上的魏思燕，俐落的從她身上抓出了靈體，這不是他們第一次看見這樣的景況。

「魏姐——住手！」童胤恒緊張的大喊，船長只是一笑。

鉤子便穿過了魏姐的靈體。

「啊啊啊——」魏思燕像是突然醒了似的，發出淒厲的尖叫，充血的眼神還來不及看清眼前的一切，繩子倏地往上一收——唰唰！

魏思燕背對著窗戶，彷彿看見了他們，但下一秒就被收上去了。

『這層樓只有一個人，我來收。』船長剛剛下來時是這麼說的。

魏思燕死了？汪聿芃呆站在廚房門口，腦袋一片空白，明明菊人形被鎮住，不再會變化，一切事情順利且否極泰來，爲什麼會發生這種事？

「廚房失火，魏姐怎麼可能會沒跑出來？」汪聿芃茫然的問，再怎樣都有機會逃的啊！

『幽靈船想收的人，逃得了嗎？』船長冷笑著，**『問什麼廢話！』**

他輕鬆的一躍一公尺高，站在廚房的流理台，上方拋下了另一條繩子，男人帥氣的拉住繩子就要踩到窗外去。

『還不快滾？我一走，你們就會被燒死了。』他歪了頭，**『我說了，我不喜歡火車好朋友。』**

童胤恒當即退出廚房，也推著汪聿芃一起後退，但是……

「爲什麼？」他不懂爲何針對魏思燕，也不懂這傢伙何以要救助他們。

只見船長笑了笑，**『都市傳說幫都市傳說，也沒什麼嘛！』**

——咦？——

汪聿芃拉著童胤恒轉身往外跑，雖然屋子裡詭異的靜止，面對此等美景實在沒時間拍照，衝過客廳時，汪聿芃瞧見了茶几上的蒔繪盒子，還不忘抓過盒子再往外跑，這可是都市傳說的一部分啊！

在他們衝到二樓時，樓上驀地傳來類似爆炸聲響，嚇得他們立即又蹲下身子。

消防車已經到了，一馬當先的消防員立刻在二樓平台那兒發現他們。

「能走嗎？喂，這邊有兩個人！」消防員朝下吆喝，「喂，樓上還有人嗎？」

「……魏姐！四樓……」童胤恒緊張的抓住消防員的手，「魏姐……」

其實已經來不及了，豆大的淚水從汪聿芃臉上滑落，他們剛剛都親眼看著幽靈船勾走了魏思燕啊！

接應的消防員上前攙走他們，當他們抵達一樓時，簡子芸又哭又叫的衝向他們，接著其他人都帶著黑臉蜂湧而上，醫護人員首先過來檢查他們的嗆傷程度，蔡志友抹去臉上的淚水裝堅強，但是他也發現到為什麼最晚出來的這兩個人，身上的燻黑卻最少？

他們幾個臉上手上都是汙黑一片，但童胤恒兩個卻比他們還乾淨許多，連衣

服都沒有沾染似的。

「思燕呢？」王兆平抱著妮妮衝過來，因爲他沒有在童胤恒身後看見魏思燕！

汪聿芃一聽見魏思燕的名字當下低頭哭了起來，童胤恒用力握住她的手，暗示不要激動，因爲照理說他們不該能知道魏思燕已經不在。

「我們沒看到，叫也沒有回應！」童胤恒冷靜的說著謊，「裡面黑到什麼都看不見，我以爲魏姐已經先出來了！」

「沒……沒有！」王兆平慌亂的搖著頭，樓上數度傳來爆炸聲響，消防人員要圍觀群眾再撤遠一點，「思燕——思燕！」

「媽媽！」

燕子麵攤，再也不會開張了。

魏思燕葬生火海，火勢撲滅後才在廚房尋獲她的焦屍，起火點目前調查應該就是從廚房開始，但人在廚房的她不知爲何沒有先逃出來、也沒有滅火，同在一間屋子裡的人甚至也沒有聽見呼救聲。

驗屍結果肺部焦黑，代表失火前就先昏迷，進而被濃煙嗆死。

而在廚房起火爲何會漫延得如此迅速，整間屋子跟著燃燒，肇因於易燃建材，火勢甚至波及五樓，五樓一家六口均喪生，在逃出前就被濃煙嗆暈。

這種火災非常詭異，因爲起火點在格局的角落，有人在現場亦非爆炸，還能延燒至樓上燒死六人。

但又不會不合理之處，因爲四處都是易燃物品，只是應該能即時撲滅的小火警，卻演變成奪去七條命的大火災，令人匪夷所思。

但是對汪聿芃與童胤恒來說，這是他們「都市傳說幫都市傳說」。

火災是刻意的嗎？爲了幫助「都市傳說」？哪個都市傳說？

從認識魏姐到現在，唯一的都市傳說不就是——

黑色精美的蒔繪盒子絲毫沒有受到火吻，綻放著光芒擱在小茶几上，一旁的妮妮安靜的坐著，一雙眼依然哭得紅腫，身邊的哥哥體貼的抱著她，兩個兄妹相互依靠。

盒子是汪聿芃帶出來的，她捨不得都市傳說的盒子被燒毀，但菊子竟然最終還是被妮妮抱了出來。

燻黑的菊子臉部已經被擦乾淨，衣服染了煙灰，不過未來換件衣服就好。

「謝謝，真的謝謝！」王兆平激動的握住李太太的手，男兒淚都快落了下來。

「好好，你別這樣，這是我該做的！」李太太難受的安撫著他，「思燕發生這種事，也不是我們願意的……」

提起魏思燕，王兆平再度悲從中來。

連一旁的簡子芸也都抹了抹眼角的淚水，童胤恒默默看向他們，他跟汪聿芃隻字未提幽靈船的事，所以大家都還不知情。

房子被燒了，屋主是魏思燕失蹤的丈夫，就算住戶要索賠也只能向魏思燕討，但現在她也逝去，只是男友的王兆平與孩子們不需要負擔責任；失火後他們暫時住旅館，但還是必須盡快找落腳處，孩子不能這樣一直奔波。

這時，張恩光伸出了援手。

眞的是富N代，他們夫妻住在普通的舊公寓裡，但名下有十幾棟房子，直接租了一棟學區好的社區大樓給王兆平，不必押金，送他們住半年，半年後再開始收租就好。

一來是爲了上次綁架妮妮的事致歉，二來是補償心理，因爲黃慧來情況趨於好轉，因爲妮妮的陪伴，心境開闊很多，雖然還是會有偶爾的痴呆狀態，不過整體來說恢復精神，甚至已經可以陪張恩光出攤了。

今天「都市傳說社」是來幫忙搬家的，但說穿了，家都燒光了沒有什麼東西，所幸王兆平同居前，多數東西擱在臨時倉庫裡，重要東西都還在。沒東西搬，新居又附家具，大家便來幫忙打掃，不提令人悲傷的事，盡可能把新住處弄乾淨就是了。

房子的事由李太太協助處理所有事宜，因此王兆平對這些攤商眞的感激涕零。

「外送喔！」小蛙宏亮的聲音傳來，大家笑著回首，他被派去買點心，提了一堆飲料回來，「您好，看一下飲料總共九杯厚！」

「職業病很重耶你！」大家紛紛接過，他除了飲料也買了蛋糕，李太太趕忙把茶几上的東西搬走，好放零食。

黃慧來夫妻也幫忙整理，飲料沒買他們的，兩老不習慣喝這些又冰又甜的東西。

「今天也謝謝你們幫我打掃家裡！」王兆平再度對康晉翊等人鞠躬。

「別別，別這樣很怪！」康晉翊立即阻止，「兆平哥，就盡一份心意而已，反正我們沒出多少力！」

「唉，眞好！」李太太滿足的笑著，「你們都是好孩子！萍水相逢的……」

「也沒多萍水啦，吃了好幾次麵了呢！」簡子芸溫柔的說著，主動為大家分配飲料。

蔡志友盯著坐在妮妮腿上的菊子，他心裡的梗放不下。

「唉，妮妮。」小蛙看出麻吉的心思了，「可以把菊子借大哥哥嗎？」

妮妮一聽，防備的瞪向蔡志友，「不要。」

「大哥哥只是想看看菊子……的腳？」小蛙不知道該怎麼形容。

「看腳幹嘛？」妮妮抱住菊子，深怕它會被分屍似的。

康晉翊蹙眉回頭，「你還在……」

「拜託，我就想知道是不是空心的！」蔡志友誠實以告，不然他夜不成眠！

嗯？李太太才拿出蛋糕一怔，「你怎麼知道是空心的？」

咦咦！蔡志友倒抽一口氣，「眞的是空心的？」

「空心。」妮妮主動把菊子轉過來，敲了敲鞋底，「叩叩叩。」

蔡志友看向菊子眼神呈現極度渴望，妮妮依然掐緊，瞄向了李太太。

「沒關係吧？妮妮，哥哥保證不弄壞？」李太太試探性的問，朝蔡志友使眼色。

「呃，對！不弄壞！保證！我輕輕的！」蔡志友都快立誓了。

妮妮萬分猶豫，這才把菊子遞給一旁的康晉翊，一個傳一個的傳到沙發最外圍的蔡志友手上。

他激動到手都發抖了，王兆平看得不明所以。

「沒事，他個性就這樣。」童胤恒趕緊幫忙掩蓋，扯開話題，「菊子什麼時候要放進廟裡？」

「喔……不放了！」王兆平朝向黃慧來笑了笑，「想著現在也沒什麼事，我打算就把它一樣放在神桌旁，以後……等思燕過來後也能在一起。」

這讓眾人有些不解，原本說好的供奉呢？

「也是他有心，屋子畢竟是慧來姐的，那也算是一種……」李太太話中有話，朝著黃慧來輕哂。

喔喔，是這樣嗎？童胤恒留意著大人們之間眉眼間的訊息，因爲房子是黃慧來的，王兆平是暫租，擱在這兒的神桌，也算是間接還給黃慧來了！

「所以……是願意了嗎？」簡子芸暗指妮妮。

「她沒關係，沒有那麼在意菊子了，而且現在她媽媽又……」王兆平不好說下去。

不那麼在意菊子？但是失火時還是把它帶出來，而不是那位公主新寵？這連

康晉翊都面露疑色。

「這裡，腳啦！」小蛙早看出來了，「鞋子鞋子。」

蔡志友指尖摳著，總算找到了邊緣。

「鞋子可以打開來！」妮妮跳下沙發，倒真的沒很在意他們折磨她的菊子，「阿嬤，我要吃巧克力的！」

「好！好……」黃慧來被一叫阿嬤，便笑得合不攏嘴，趨身往前，在眾多蛋糕裡挑個巧克力的，「我們先吃一小塊，妳要上面的巧克力對不對？」

「對！」妮妮對得好大聲，同時剝的一聲，這邊的菊人形鞋子開了。

「那是空心的，之前我跟妮妮看過了。」李太太起了身，朝廚房走去，「慧來姐，您不喝飲料，我泡杯熱的好不好？」

「好好，謝謝！謝謝！」黃慧來跟張恩光異口同聲，他們都愛喝熱茶。

王兆平把蛋糕也推過來，拿了另一塊給張恩光，大人們在悲傷中和樂融融，這大概是魏思燕之前沒有想過的事吧！

「咦？」蔡志友傳來驚呼聲，空心的菊子裡沒有骨灰。

「眞的是空的耶，還跟心臟區隔開……」小蛙湊上前，「裡面塞了什麼？」

他用兩根手指，把裡面的東西拿出來。

捏出來的，是一小撮頭髮。

汪聿芃打了個寒顫，緊張的握住童胤恒的手，他狐疑的回首向她，爲什麼臉色這麼難看？

「頭髮？」康晉翊接過了那小撮頭髮，眞的很細也不長，上面還用橡皮筋綁著。

「還有耶……」蔡志友看著娃娃身體裡的洞，「一小撮一小撮的！」

小蛙又捏起了好幾條。

「裡面怎麼會有這個？」王兆平看見那些頭髮也不太舒服，「一直在娃娃體內嗎？」

「是啊，之前妮妮就打開過了，但你們都說這個是都市傳說，所以我想著還是不要亂碰好了，也沒敢丟。」李太太端著茶具組過來，「因爲擺在裡面也沒差，所我就叫妮妮放著，蓋緊就是。」

「這個沒關係嗎？」王兆平果然立刻問向康晉翊。

「我不知道……我們也是第一次看見這些東西。」最後一綹頭髮取出時，簡子芸立刻顫了一下身子。

她亦握住康晉翊的手腕，指向了綁著頭髮的髮飾，這綹不是橡皮筋束著，而

是用一條粉紅色的髮帶，上面還有一個小愛心的空心墜飾。

康晉翊不由得回首，看向坐在沙發上吃得滿嘴蛋糕的妮妮。

「妮妮。」康晉翊小心的開口，「這是妳的嗎？」

妮妮看了過來，澄澈的雙眼望著那綹頭髮，閃閃發光，「是啊！」

她用力的點頭，絲毫不以爲意。

「妮妮妳把頭髮放進去？」扯到頭髮總令人想到一些詛咒的事情，王兆平渾身不對勁，「那不是媽媽買給妳，最喜歡的髮帶嗎？」

「我想給菊子嘛！」妮妮理所當然的回著。

有樣學樣，妮妮看見裡面有這麼多綹頭髮，所以她也綁了一撮，剪下放進去。

汪聿芃皺著眉，凝視著跟黃慧來有說有笑的妮妮。

「這到底是什麼狀況？」面對學生的沉默，王兆平緊張急了，「先把妮妮的頭髮拿起來吧！」

「不要！那是我的！」妮妮突然發難，把蛋糕盤塞給黃慧來便跳下沙發，擠到蔡志友面前，「還給我！」

她生氣的搶回菊子，再把躺在康晉翊與簡子芸掌心上的頭髮全數胡亂塞進去，包括自己的那撮！沒有什麼順序或美感，她只是塞進去而已。

最後搶回鞋子，好整以暇的蓋上，翻正後再度仔細打理，不高興的回到沙發上。

「妮妮！」王兆平很憂心，希望「都市傳說社」能給個答案。

「沒關係的。」先出聲的居然是汪聿芃，「沒事的，您什麼都不必擔心。」

王兆平看向很少說話的汪聿芃，「眞的嗎？」

「眞的！沒事！如果妮妮不喜歡，就把菊子放回盒子裡，擱在神桌上也沒關係，不會有事的。」她說得斬釘截鐵，一雙眼卻凝視著妮妮，「只要娃娃有心，就不會有事對吧？」

對吧？汪聿芃在問誰？看見她的視線讓簡子芸起了股惡寒，她怎麼覺得發生了什麼不得了的事？

「對，只要娃娃有心。」她戰戰兢兢的接口，「我們社團還有事，不能久留……」

推著康晉翊，她脫口而出。

康晉翊早心領神會，也拉著她起身，鄭重的向大家道別。

「等等，我想請你們吃晚餐啊！」王兆平焦急忙慌的，「你們幫了我這麼

多！」

「不必，我們真的還有事，下週也有很多作業還沒寫呢！」童胤恒端起微笑，權充公關，「幫忙只是一份心意，不要謝來謝去的了，我們得快點回去了。」

學生們堅持，並且趕緊要離開，王兆平一行人堅持要送下樓，還要一路送到路口才肯罷休。

「重新出發也需要時間，再聯繫了。」康晉翊禮貌的與王兆平握手。

「謝謝，我打算等思燕的事告一段落後，也要來處理收養孩子的事。」王兆平慈愛的看著妮妮與柏明，「我會視如己出的。」

「不愁，大家都住附近，會互相照顧的！」李太太也給予支持，「忙的時候給我，市場裡多的是人會幫忙呢！」

「是啊，眞的謝謝你們。」

汪聿芃望著他們，突然上前，「我們拍張合照好不好，紀念一下？」

「咦？好哇！」小蛙當即贊成。

「當然好！」王兆平欣然同意，彎身把妮妮抱了起來。

由最高的童胤恒拿手機，襯著背景的橘紅夕陽，拍下了紀念照，汪聿芃看著剛拍好的照片要轉，發現照片裡，妮妮的一隻腳俏皮的勾了起來。

王兆平收到照片後便略帶感傷的看著照片，大家都知道他在想什麼：如果魏姐還在的話……但逝者已矣，想再多都無用了。

學生們正式道別，兩撥人分往兩個方向離去，汪聿芃上前緊握住童胤恒的手，他瞥了眼，亦緊緊回握。

「沒有骨灰吧！」小蛙的聲音在前面吱吱喳喳。

「我就是想確認一下！」蔡志友這聲調可沮喪了。

汪聿芃倏地拉住童胤恒，驀然回首。

看著背對他們的那家人，來自不同家庭的相互扶持，眞的該支持多元成家。

他們迎著夕陽走向家的方向，每個人的影子都被拉得長長的……王兆平陪著柏明慢走，張恩光在一旁聊天，妮妮由黃慧來牽著，李太太走在最後面。

這時，彷彿知道什麼似的，李太太突然轉了過來。

她明確的看著汪聿芃他們，淺淺的笑著。

然後，妮妮與黃慧來竟也轉了過來。

時間彷彿靜止一般，她們三個人同時朝著他們頷首，揚起了滿足幸福的微笑。

那是一抹，令人終身難忘的微笑。

女孩呆坐在筆電前，一雙手擱在鍵盤上，卻如雕像般動也不動。

一旁的男孩撐著頭，眉頭緊鎖得彷彿如喪考妣。

對面的兩個男孩震驚得至今無法回神，蔡志友更是緊張到難以呼吸。

「來不及了。」童胤恒坐在側邊，很嚴肅的說道，「事情就在我們眼皮子底下發生，但我們誰都沒注意。」

「你們說的比我的更扯吧！」蔡志友抱著頭跳了起來，「你現在說那個妮妮是張曉明？」

汪聿芃默默的看手機裡的合照，忍不住笑了起來，「兩個張曉明都在照片裡，眞是太經典了。」

「兩個？」康晉翊放下手。

「一個是有著張曉明靈魂的軀體，一個是住著其他靈魂的張曉明。」童胤恒沉穩的說著，「你們仔細看今天的合照，李太太跟黃慧來有多像！」

差別只是在歲月的痕跡罷了，仔細瞧著，便能發現李太太的臉龐有著黃慧來夫妻的共同特徵！

簡子芸在看見頭髮時突然想通了，那一小撮一小撮的頭髮，讓她想著該不會是前幾任主人的頭髮，接著思想無限擴展，看著突然不再在乎菊子的妮妮，她瞬間什麼都明白了。

手腳發冷的回到社辦，她慌張的說著她的發現，尚未組織還有些錯亂，康晉翊補充他所見，然後在他們平復之際，童胤恒說出了幽靈船的事——魏姐是被幽靈船帶走，從人面魚事件開始，幽靈船便忙著各處收集靈魂。

「都市傳說幫都市傳說，便是這個意思，那場火災根本不單純。」汪聿芃咬了咬唇，「目的只怕是要解決掉魏姐。」

「有了生母，怎麼會要不相關的人！」就算三十多年過去了，張曉明也不可能認不得自己的母親啊！

只是沒想到都市傳說的世界還挺互助的……可為什麼聽起來夏天學長人緣很差咧？

「等等，我越來越亂了！」小蛙連忙喊暫停，「好，妮妮體內是眞的張曉明，那她之前在？」

「在菊子身體裡啊！她被換了！」康晉翊伸出左手，「李太太軀體裡那個靈魂，從娃娃裡換進張曉明身體裡，再用她的身體長大成人。」

蔡志友嘖嘖稱奇，「這也太……奪取身體的人還會這麼靠近本尊？李太太在這件事裡，絕對扮演的舉足輕重的角色！」

「而且這個妮妮對李太太一點恨意也沒有啊，自然得很……」康晉翊也覺得怪異，「瞧她們今天千方百計要把菊人形留下來的樣子，我就想到阿春嬤，持有菊人形七十年，最後才說要放它自由？那菊人形應該在李太太手上啊，結果不知道爲什麼卻還在黃慧來那兒，說不定是因爲這樣，她才接近黃慧來！」

仔細回想，一開始鼓吹張恩光賣掉菊人形的是誰？介紹魏思燕二手市集的是誰？帶著兩家認識的又是誰？全是李太太。

「她跟妮妮一起發現菊子是空心的，我忍不住想，是不是她誘導妮妮把頭髮放進去的？」簡子芸痛苦的猜測，「再想，會不會她也暗示了阿才檢查菊人形，好把心拿出來？」

「對，那顆心！」童胤恒握緊了拳，「那顆心不是鎭住菊人形，是鎭住裡面的靈魂吧？汪聿芃！」

大家不約而同看向她，汪聿芃悲傷的點點頭。

是啊，娃娃有心！娃娃有心要奪去他人身體、要讓自己自由，娃娃該有心，因爲那顆心可以壓住被拐進去的靈魂！這個「有心」，有的是心意、也有心機，

更代表了心臟！

「本來還有靈性的娃娃瞬間就沒了，所以在那天被帶走的妮妮，等我們石頭塔見到時，只怕已經被關在菊人形裡了。」

「喂喂喂！照你們這樣說——」小蛙拍了桌子起身，「那慧來嬤該不會也知情吧？」

「鐵定知情！她根本沒有老人痴呆！」康晉翊斬釘截鐵，「她是發自眞心的對著妮妮喊曉明，她知道那是她女兒！」

看看今天那份親暱無間，過去排斥黃慧來的是妮妮，現在張開雙臂黏著膩著接受她的是張曉明！

「只要李太太暗示就行了，黃慧來要知道也不難，從醫院把妮妮帶走說不定也是爲了這個。」汪聿芃遙望著遠方，「堆石頭塔許什麼願呢？一顆兩顆三顆四顆……我想要出來？」

簡子芸握著自己的手也制不住顫抖，她覺得這件事好可怕！

「奪人軀體，再用東西鎭住，時間到了挑選好下一個軀體後，再把心臟收起來嗎？」她剛剛在板子上畫了順序圖，「拿走心，菊人形就能活動，可以影響持有者、進而誘導小朋友把自己的頭髮放進去——」

「能活動的幅度有限，不知道是不是一直被鎮住的關係。」童胤恒搖了搖頭，「我們再想，那個阿春嬷也不是阿春嬷吧！真正阿春嬷的靈魂被封在——啊！李太太才是阿春嬷的本尊！」

是啊，就是這樣。

阿春嬷在幼年時被拐騙的放入自己的頭髮，靈魂進入菊人形，而菊人形裡那個更古老的靈魂便佔據她的身體過活，還掌握娃娃七十年；接著菊人形賣到黃慧來家，獲得拐張曉明的身體，這個張曉明長大後成為李太太，再把娃娃賣給魏思燕，目標是妮妮的身體。

「阿春嬷比較怕死嗎？要死了才放娃娃走。」蔡志友擰緊眉心，「可是你們說她那一屋子……」

「我不敢想像那屋子裡的娃娃有什麼了！」簡子芸雙手撐著額頭，「這件事我們一直都在，卻什麼都沒發現，現在妮妮被關在裡面了！」

「能放她出來嗎？」小蛙焦急的問。

汪聿芃空洞的雙眼盯向桌子，她不認為。

「這個妮妮會再把自己的頭髮放進去嗎？都是同一個人的頭髮，有什麼作用？」童胤恒忍不住搥了桌子，「弄出這麼多跡象，我們插了手，該不會我們還

間接輔助了菊人形奪人軀體吧！」

「不不不，不能這麼想！」康晉翊立刻否決，「我們說不定是妨礙了這件事的進行，否則以李太太跟他們的關係，要誘使妮妮一點兒都不難！」

是嗎？童胤恒憂心的看著康晉翊，這麼想心情是會比較好，但這是實情嗎？

「阿霞說過，阿春嬤七十年的時間都在陪菊人形說話、唸報紙、講著所有事情，我聽起來……像是在跟娃娃裡的靈魂講述外面的世界變遷。」簡子芸嘆了口氣，「這是上一個人所能做到最好的事，接著便是替菊人形找下一個軀體。」

阿春嬤這麼做了，李太太也是，只怕一直都是這麼運作的——從鎌倉時代開始。

「社長說得沒錯，我們沒辦法促成，李太太要做，一定是通盤設計好的，我們說不定眞的礙了事，只是於事無補。」蔡志友沉穩的分析，「別忘了，連都市傳說都來幫都市傳說了，我們還能做些什麼呢？」

簡子芸幽幽的望著自己的筆電，該寫？不該寫？

「氣氛怎麼這麼嚴肅啊？」

門口突然出現不速之客，背對著門的蔡志友跟小蛙都嚇著了，「章警官！」

「過來看看你們，情況還好嗎？」

話才問完，就得到齊聲的長嘆：唉——

「有我能做的嗎？」章警官再問。

「來不及了！沒事兒，我們既破不了張曉明的懸案，也沒辦法在菊人形上做些什麼。」康晉翊苦笑著，張曉明？她活生生的就是妮妮啊！

「好，我是來告訴你們，上次頭髮的檢驗——第一次跟張曉明完全符合，那娃娃眞的詭異。」章警官頓了頓，有點失望著沒從這票學生眼裡讀到驚喜，「第二次來驗的，卻是塑膠髮。」

「噢……」連小蛙都平淡的回應，不意外了啦！

「這是怎麼了？我以爲你們很期待這個結果啊！」章警官覺得非常不對勁。

「是因爲我們已經知道了啦，但眞的還是謝謝您的幫忙。」童胤恒禮貌的起身，「先坐吧，章警官，我們有點心耶！」

「不了，我就說順道來看看而已，這裡待久了我會不舒服。」章警官倒是老實，「還有另一件事，就是Q鎭傳來的報告，那天衝撞你們的人抓到了——」

咦！汪聿芃倏而起身，椅子拖拉聲明顯得令章警官有些滿意，總算有人有反應了。

「誰？在哪裡？」她急躁的問。

「當地人，精神不太正常，總是瘋瘋癲癲的。」章警官刻意賣關子似的停頓，「當年張曉明失蹤時，他是唯一嫌疑犯。」

「什麼？嫌疑犯？」蔡志友查過所有新聞，「那時說的弱智少年？」

「對！當年他就躲在樹下，但是實在找不到他犯罪的證據，也沒有什麼行爲能力。」章警官面露憂色，「但是他不停的重複說：娃娃吃了人，那個小孩是假的！」

小孩是假的！

「天哪！當年他在現場對吧？他看見張曉明被換了身體！」童胤恒瞪大了眼，「那天他親口對我說，你們知不知道你們在幹什麼，他搶走菊人形，爲的是阻止這件事！」

他可能弱智，但他沒有瘋，他全部都知情！

不惜一切想要把菊子搶走，就是不讓事件重演，當年張曉明眞的在那兒玩耍，她與她的娃娃，只是在某個瞬間互換了。

怎麼換沒人知道，但是弱智少年的出現產生變數。

「這就是爲什麼李太太沒有持有菊人形的原因，因爲被看見了！」汪聿芃恍然大悟的搥了掌心，「如果去追查李太太，說不定可以查出她是領養的，那時她來不及帶走菊人形，而且黃慧來說過，她好像聽到什麼聲音才喊女兒的啊！」

就這麼陰錯陽差，讓黃慧來這位母親只看到遺留的菊人形，誤以爲孩子被綁走，殊不知她的孩子體內已經是別人的靈魂了，她逃走、活了下來，最終成爲李太太再回來。

「但是回來後，繼續盡她應盡之責。」簡子芸沉痛的閉眼，找尋下一個犧牲品。

「某方面還是蠻講義氣的啦！」小蛙由衷的說。

章警官掃視了社團裡的學生，隱約猜得到發生什麼事，但現在一無命案、二無危機，他不打算追究。

「所以，需要查什麼李太太的背景嗎？」

「不，不必了。」康晉翊當機立斷，「事情就這樣，到此爲止，謝謝章警官的幫忙。」

「嗯哼。」章警官微微一笑，「剛進來時你們就說了，一切都來不及，或許就這麼順其自然吧。」

「就像樓下的男人一樣嗎？」汪聿芃挑了挑眉，說的是過去的都市傳說。

章警官望著她，會心一笑，都市傳說這種事，不是每次都是人力所能及的。

與大家道別後，章警官很乾脆的離開。

簡子芸再度凝視著筆電，百感交集。

「各位，我是寫，還是不寫？」

要寫出菊人形的都市傳說，還是寫出一切跟深刻的實情？

「我說呢，先填飽肚子吧，我現在只想吃頓好的。」蔡志友提出了最好的建議，「我們去市區，找個好的餐廳，好好的吃他一頓。」

「贊成！吃飽後再來想這件事！」小蛙當然雙手雙腳贊成，他今天休假耶！

康晉翊走到簡子芸身邊，蓋下筆電，「也不必多想，我們照寫，寫到今天幫忙打掃為止——只寫表象。」

至於誰的身體裡住著誰，那已經不是他們能干預的事了。

「至少提醒一下，菊人形其實會奪人身體的？」童胤恒提議著，卻又有些遲疑。

「什麼都別說吧，讓都市傳說繼續是都市傳說。」汪聿芃掠過他身邊，輕輕的拍了他的肩膀。

「走了！超餓的啦！吃完我就不想再想這件事了！」小蛙興奮的嚷嚷，「靠腰！前幾天誰還說想把菊子接過來的？」

「天哪！別說了！」

童胤恒看著大家的背影，門口的汪聿芃正回眸瞅著他笑。

讓都市傳說，繼續是都市傳說吧。

尾聲

放學時間，幼稚園外面全是家長，小小的孩子一看見親人，立即興奮的衝出來！小女孩在校內揹起小書包，看見今天來接她的人，只是微笑，冷靜的走了出去。

「妮妮，今天是李阿姨來接妳喔！」老師一直在留意，妮妮很特別，接她的人常常不一樣，聽說是亡母的攤商朋友輪流接，所以他們對認人方面有點頭大。

「嗯，今天是李阿姨！」妮妮向老師保證，這位她認得。

「那好，妮妮在學校很乖，沒什麼問題。」老師向李太太說著，再去顧其他小朋友。

「今天怎麼是妳？我以爲是大魚。」妮妮把書包扔給李太太，「我想吃炸雞。」

「只能吃雞塊，這麼小吃什麼炸雞。」李太太沒好氣的唸著。

「我都幾歲了，都要四十了是多小！」妮妮翻了個白眼，就要爬上機車。

只是一轉身，當即愣住。

車尾曾幾何時，站著不該出現在這裡的汪聿芃。

「是啊，妳幾歲了？三十八？」她左右張望，「我有點不知道該叫誰張曉明了。」

回眸的李太太眼神深沉，帶著點緊張，妮妮即刻跑到她身邊，讓她護著抱著。

「妳是那個大學生嘛，怎麼在這裡呢？」變臉倒是很快，李太太立即眉開眼笑裝熱絡。

「我都知道了，妳是阿春，她是張曉明。」汪聿芃嘆了口氣，「我只想知道，妳們會對菊子……妮妮怎麼樣？」

李太太將妮妮抱到機車後座坐好，汪聿芃一個箭步上前，立即拔掉她的車鑰匙，想逃？

「喂！」李太太不太高興的瞄向周遭，「我一喊一鬧，對妳不利吧？」

「這句話該我說的吧！我們都市傳說社，可以把菊人形寫得鉅細靡遺——」汪聿芃得意的挑了眉。

「好好好！妳都百歲的人逞什麼意氣！」後座的妮妮拉了拉李太太的外套，

「我們會好好照顧菊人形，到適合放她出來的時候為止，挑選軀殼是我的工作。」

「什麼叫適合的時候？」汪聿芃不解，「你們一個七十年，一個三十二年。」

「看良心了。」李太太冷冷一笑，眼底充滿恨意，「算她聰明，死了之後才放我走……」

「二十年跑不掉的，要到我們不會想要回原來軀體的時候——還有，我花了三十二年，一天才能動一處，眼珠或頭髮或手或嘴，再早也無濟於事。」妮妮凝視著汪聿芃，「這方面看個人天賦跟執著度了！」

「有心臟鎮著，動頭髮有用嗎？妳們只要一天不把心臟拿出來——」汪聿芃一臉妳們少來的樣子。

「關著的我們自己知道，心臟只是表象，拿走了普通人才看得到，但有沒有作用，裡面的靈魂會明白。」李太太又是一臉忿怒，「我當初只花五年就能動我的眼球了，那老太婆卻困了我七十年！」

「我真謝謝妳只關我三十二年。」妮妮說得倒是誠懇，然後轉向汪聿芃，「……妳應該知道這些的！」

汪聿芃緩緩的看向她，「我不知道妳在說什麼。」

妮妮困惑的蹙眉，汪聿芃最終鬆開了手，鑰匙落上李太太的掌心。

「如果妳們在這二十年內死了怎麼辦?」末了，汪聿芃問了最後一個問題。

「所以我們都會聚在一起。」李太太移動著龍頭，「我死了有她，她死了還有我，如果我們不幸都提早離世——」

身後的妮妮笑得邪魅，「那就不會再有都市傳說了。」

機車揚長而去，汪聿芃卻握著拳站在原處，她的眼神不是聚焦在機車上，而是更遠更遠的地方。

「嘿!」肩上一個輕拍，嚇得她回首，臉色刷白。

童胤恒被她驚嚇反嚇到，呆愣的望著她。

「你……爲什麼在這裡?」汪聿芃左顧右盼，其他人呢?

「那妳爲什麼在這裡?我不知道妳嗎?」童胤恒一臉自豪，「什麼不吃烤肉要去買東西，妳分明就是想知道菊人形的事!算算時間妳只能來堵妮妮放學了。」

哼!汪聿芃抓著背包，突然疾步往前走!

童胤恒一怔，連忙追上，「喂，生氣了嗎?我可沒跟蹤妳喔，我是直接到幼稚園這邊來的!」

汪聿芃戛然止步，「你到很久嗎?」

「剛到啊，就看見李太太的車走了，妳一臉嚴肅。」童胤恒好奇的湊近，

「問出什麼了沒？」

汪聿芃嘟起了嘴，「我要吃烤肉，吃完了再告訴你！」

「好！」他搓了搓她的頭，「走這邊！我騎車來的，坐我的車……是說妳爲什麼不騎車來啊？」

「懶。」

「喂，坐大眾運輸是最勤勞的表現耶！」

汪聿芃跨上機車時，突然緊緊的擁住了童胤恒，「欸，童子軍。」

「嗯？」

「如果我被困在菊人形裡，你會怎麼辦？」

童胤恒低首看著儀表板，瞬而一笑，直接催了油門，「哈哈哈哈！」

「你笑屁喔！怎麼辦啦？」

「妳才不可能會被困在菊人形裡，妳的話，會先發現菊人形有問題，然後把它永遠封起來！」

讓都市傳說，永遠就只是都市傳說！

後記

又一隻娃娃。

都市傳說的娃娃又多一隻了！仔細算算都市傳說的娃娃們可不少，都可以組一個家族了吧！而且個個詭異，一山還有一山高的感覺。

但是，我們必須中肯的說，我們菊人形應該是最無害的了！她除了偶爾長長頭髮外，幾乎什麼事都不會幹，也似乎好像不會傷害人，只是想完成她的秀髮大業罷了。

查過很多版本的菊人形，幾乎都無害，也頂多是臉部變化罷了，所以這就是讓我天馬行空的時刻了！我想起多年前的idea，很久以前曾想寫過一種娃娃的題材，只是剛提案就被編輯打槍，因爲編輯覺得娃娃已經有人寫過了，不要重複的題材……當然那是早期，畢竟該出版社的出書量這麼大，一間出版社要完～全沒有重複題材是根本不可能的事。

但後來這個題材就束之高閣，直到這次恰好能使用，賦予菊人形不一樣的故

事生命。

為避免有人尚未看完故事就先看後記，這兒不說太多故事細節，不過因為整個都市傳說系列出現過不少娃娃，故事可以不同，但是一些行為模式就不重複了！所以如果你期待什麼娃娃大發威，走路跑步撐竿跳這種靈活模式，建議可以從一個人的捉迷藏開始，便能看到靈活的娃娃們。

但我們菊人形是優雅的日本人形，所以凡事都很優雅喔！

回到故事的主軸，這次說的其實不只是娃娃，還有心碎的家長與憂心的母親。

如果你的孩子失蹤多年，你會希望生見人死見屍？還是乾脆就不找，寧可相信他在世上某個角落活得好好的，也不想接受可能尋獲屍體的悲傷？

如果你意外買到了某樣物品送給自己孩子，結果這樣物品剛好是另一位母親失蹤孩子的玩具，你會強迫自己的孩子割愛還回去（嚴格來講不能說還，因為那是你買的）？還是不需跟孩子說，直接把那個物品送給另一位母親？

如果你意外拿到菊人形，它就只是長長頭髮、生點指甲，你會把它留下來嗎？

好多個如果，不知道大家會怎麼選？第一個如果，我問了好多位家長，每個人都選擇生見人死見屍，不管孩子是否活著，在世上哪個角落，就是死都要找到他。

第二個如果，現在的家長幾乎都會問孩子意見，說服孩子，告訴孩子這玩具對另一個家長是很重要的東西，讓孩子主動送出；但如果孩子堅持不肯呢？這點我就沒得到答案了。

第三個如果，似乎很少人會留下來耶，即使菊人形沒有殺傷力，但光是自己長頭髮這點就沒人能接受！

所以長頭髮這種感覺很平靜的「能力」，大家一樣覺得很可怕耶！

都市傳說進入倒數囉，好像每個人都友達以上戀人未滿，但大家都太忙碌求生，沒很多時間談戀愛啦！而我在寫菊人形時赫然發現，人面魚跟薩諾斯是同國的，因爲一場人面魚事件，死了一堆人啊！

嗯，我當然知道有人從人面魚開始就有些疑問，但我還是要說個老套的戲劇對白：「欲知後續如何，請待下回分解～」

最後，由衷感謝購買這本書的你，購書是對作者最直接又最有效的支持，因爲你的購買，我才能繼續寫下去，謝謝你！

笭菁

境外之城 089

都市傳說 第二部9：菊人形

作　　者／笭菁
企畫選書人／張世國
責任編輯／張世國

發 行 人／何飛鵬
副總編輯／王雪莉
業務經理／李振東
行銷企劃／林德柔
資深版權專員／許儀盈
版權行政暨數位業務專員／陳玉鈴
法律顧問／元禾法律事務所　王子文律師
出版／奇幻基地出版
　　城邦文化事業股份有限公司
　　台北市 104 民生東路二段 141 號 8 樓
　　電話：(02)25007008　　傳真：(02)25027676
　　網址：www.ffoundation.com.tw
　　e-mail：ffoundation@cite.com.tw
發行／英屬蓋曼群島商家庭傳媒股份有限公司城邦分公司
　　台北市 104 民生東路二段 141 號11 樓
　　書虫客服服務專線：(02)25007718・(02)25007719
　　24 小時傳真服務：(02)25170999・(02)25001991
　　服務時間：週一至週五09:30-12:00・13:30-17:00
　　郵撥帳號：19863813　　戶名：書虫股份有限公司
　　讀者服務信箱 E-mail：service@readingclub.com.tw
　　歡迎光臨城邦讀書花園 網址：www.cite.com.tw
香港發行所／城邦（香港）出版集團有限公司
　　香港灣仔駱克道 193 號東超商業中心 1 樓
　　電話：(852) 2508-6231 傳真：(852) 2578-9337
馬新發行所／城邦（馬新）出版集團
　　【Cite(M)Sdn. Bhd.(458372U)】
　　11, Jalan 30D/146, Desa Tasik,
　　Sungai Besi, 57000 Kuala Lumpur, Malaysia.
　　電話：(603) 90578822　　傳真：(603) 90576622

封面內頁插畫／豆花
封面設計／邱宇陞視覺工作室
排　　版／極翔企業有限公司
印　　刷／高典印刷有限公司
■2019 年（民 108）5月16日初版一刷
■2024 年（民 113）4月10日初版9.5刷

售價／300元

國家圖書館出版品預行編目資料

都市傳說 第二部 9：菊人形 / 笭菁著.--初版.--台北市：奇幻基地出版；家庭傳媒城邦分公司發行；2019.05（民108.05）
面：　公分.--（境外之城：89）
ISBN 978-986-97628-3-0（平裝）

857.7　　　108006430

本書中文繁體字版由作者笭菁授權奇幻基地在全球獨家出版、發行。

ISBN 978-986-97628-3-0

Printed in Taiwan.

※ 本故事內容純屬虛構，如有雷同，純屬巧合。

廣　告　回　函
北區郵政管理登記證
台北廣字第000791號
郵資已付，免貼郵票

104台北市民生東路二段141號11樓

英屬蓋曼群島商家庭傳媒股份有限公司城邦分公司 收

請沿虛線對摺，謝謝

每個人都有一本奇幻文學的啓蒙書

奇幻基地官網：http://www.ffoundation.com.tw
奇幻基地粉絲團：http://www.facebook.com/ffoundation

書號：**1HO089**　　書名：都市傳說　第二部9：菊人形

請於此處用膠水黏貼

讀者回函卡

謝謝您購買我們出版的書籍！請費心填寫此回函卡，我們將不定期寄上城邦集團最新的出版訊息。

姓名：________________ 性別：□男 □女

生日：西元________年________月________日

地址：________________

聯絡電話：________________傳真：________________

E-mail ：________________

學歷：□1.小學 □2.國中 □3.高中 □4.大專 □5.研究所以上

職業：□1.學生 □2.軍公教 □3.服務 □4.金融 □5.製造 □6.資訊

□7.傳播 □8.自由業 □9.農漁牧 □10.家管 □11.退休

□12.其他________________

您從何種方式得知本書消息？

□1.書店 □2.網路 □3.報紙 □4.雜誌 □5.廣播 □6.電視

□7.親友推薦 □8.其他________________

您通常以何種方式購書？

□1.書店 □2.網路 □3.傳真訂購 □4.郵局劃撥 □5.其他

您購買本書的原因是（單選）

□1.封面吸引人 □2.內容豐富 □3.價格合理

您喜歡以下哪一種類型的書籍？（可複選）

□1.科幻 □2.魔法奇幻 □3.恐怖 □4.偵探推理

□5.實用類型工具書籍

為提供訂購、行銷、客戶管理或其他合於營業登記項目或章程所定業務之目的，英屬蓋曼群島商家庭傳媒（股）公司城邦分公司，於本集團之營運期間及地區內，將以電郵、傳真、電話、簡訊、郵寄或其他公告方式利用您提供之資料（資料類別：C001、C002、C003、C011等）。利用對象除本集團外，亦可能包括相關服務的協力機構。如您有依個資法第三條或其他需服務之處，得致電本公司客服中心電話 (02)25007718請求協助。相關資料如為非必要項目，不提供亦不影響您的權益。

1. C001辨識個人者：如消費者之姓名、地址、電話、電子郵件等資訊。
2. C002辨識財務者：如信用卡或轉帳帳戶資訊。
3. C003政府資料中之辨識者：如身分證字號或護照號碼（外國人）。
4. C011個人描述：如性別、國籍、出生年月日。

對我們的建議：________________

____

____

請於此處用膠水黏貼